AME: Nick Schwarzbusch
Liegt ein Auge auf dem Tresen, ist ein Zombie da gewesen!
Nick Schwarzbusch
LOCH NESS
IST TOT!
orscher:
s stammt
Dracula ab
hwarzbusch
de des
och so
rig?
GESUCHT
NEUES MITGLIED

Dieser Sammelband enthält die folgenden Einzeltitel:
Band 7: Allein auf der Grabsteininsel
Band 8: Das Versteck des letzten Werwolfs
Band 9: Tief unter der Schule …

1. Auflage

verlegt durch EGMONT Verlagsgesellschaften mbH,
Gertrudenstraße 30–36, 50667 Köln

Umschlaggestaltung: Maximilian Meinzold, München
Titelbild und Innenillustrationen: Melanie Miklitza
Satz: Greiner & Reichel, Köln
Printed in the E. U. (675292)
ISBN 978-3-505-13597-2

MIX
Papier
FSC FSC® C017859

Gruselclub

Wolfsgeheul und Gruselschule

von
Thomas C. Brezina

Illustriert von
Melanie Miklitza

Schneiderbuch
EGMONT

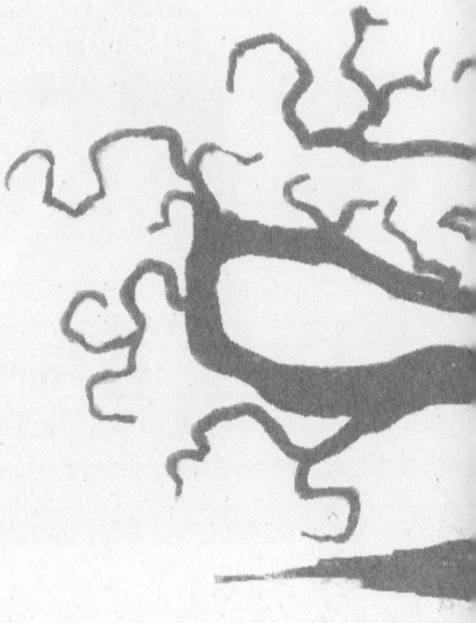

ALLEIN AUF DER GRABSTEININSEL

Insel im Nebel

Der Bug des Ausflugschiffes pflügte durch das grünliche Wasser des Sees. Es waren nicht sehr viele Passagiere an Bord, nur eine Gruppe Teenager mit einem Begleiter und zwei alte Ehepaare.

Einer der Teens war Jupiter Katz. Er lehnte an der Reling und starrte missmutig auf den weiten See hinaus. Jupiter erlebte gerade die schlimmsten Ferien seines Lebens.

Neben ihm tauchte Alfred auf, der Leiter des Ferienlagers, in dem Jupiter untergebracht war. Er trug eine Lederhose mit röhrenden Hirschen auf dem Brustlatz und ein rot-weiß kariertes Hemd. Ein breites Grinsen schien in seinem Gesicht eingefroren zu sein. Er klatschte in die Hände und rief: „Jungs und Mädchen, bitte herhören."

Alfred versuchte, immer besonders locker und lustig zu sein. Was dabei herauskam, war meistens schrecklich peinlich.

„Werft doch einmal ein flottes Auge auf diese Insel!", sagte Alfred. „Sie ist obercool und affensteil."

Einige der Jungen und Mädchen gähnten demonstrativ. Andere verdrehten die Augen.

Jupiter blickte in die dichten Nebelschwaden, die über dem Wasser schwebten. Da und dort tauchten darin kahle schwarze Äste auf. Ihr Anblick machte ihn traurig.

„Die Insel heißt Grabsteininsel. Ist das nicht megaaufregend?", wollte Alfred wissen.

„Ja, ich flippe gleich aus!", brummte Oliver. Jupiter nannte ihn heimlich immer Großmaul. Erstens hatte Oliver einen besonders breiten Mund, und zweitens riskierte er ständig eine große Lippe. „Vor zwei Jahren war ich mit meinen Eltern in der Südsee. Dort gibt es Inseln!", schwärmte er. „Am besten haben mir die Mädchen gefallen. Eine schöner als die andere."

Nicole grinste schief und sagte: „Ich wette, sie sind alle schreiend davongerannt, als du an Land gegangen bist."

Die anderen kicherten.

Oliver kniff die Augen zusammen und gab ein leises Knurren von sich.

Nicole sah triumphierend zu ihren Freundinnen, die alle den Daumen in die Höhe streckten. Sie hatten es sich zum Sport gemacht, Oliver, wo es nur ging, eins auszuwischen.

Alfred fuchtelte mit den Händen, um auf sich aufmerksam zu machen. „Alle herhören! Ihr müsst heute eine Eintragung in das Lager-Tagebuch machen. Wenn ihr nicht aufpasst, wird euch eine wichtige Information fehlen."

Oliver äffte den Betreuer hinter dessen Rücken nach, und alle brachen in Gelächter aus.

„Schluss jetzt!", schrie Alfred wütend. Gleich darauf erinnerte er sich, dass er immer locker bleiben wollte, und lächelte wieder. „Wollt ihr gar nicht wissen, wieso die Grabsteininsel so heißt?"

Doch, Jupiter interessierte sich wirklich dafür. Er sah den Leiter des Ferienlagers neugierig an.

„Die Insel ist unbewohnt. Niemand traut sich, sie zu betreten. An klaren Tagen – leider gibt es die am Gallensee nur selten – kann man am Ufer der Insel Grabsteine sehen. Niemand weiß, wie sie dorthin gekommen sind." Alfred hatte die Stimme gesenkt und hauchte nur noch.

Nicole warf ihr langes blondes Haar mit einer schnellen Handbewegung über die Schulter. „Irgendjemand hat wahrscheinlich die Grabsteine in einem Boot zur Insel gebracht und aufgestellt. Ist doch klar!", sagte sie kopfschüttelnd.

Alfred winkte ab. „Oh nein. Niemand würde einen Fuß auf diese Insel setzen. Manche Leute hier behaupten, die Grabsteine wachsen aus dem Boden wie Pflanzen."

Ungläubiges Gekicher war die Antwort.

„Und immer, wenn ein neuer Grabstein aus der Erde kommt, verschwindet ein Bewohner des Dorfes – spurlos!", fügte Alfred hinzu.

Die Jungen und Mädchen konnten sich nicht mehr halten und schüttelten sich vor Lachen. Alfred runzelte verärgert die Stirn.

Nur Jupiter lachte nicht. „Ist das nur eine Sage, oder gibt es dafür auch Beweise?", wollte er wissen.

Alfred starrte ihn verwirrt an. „Beweise? Also … ich weiß nicht. Das ist natürlich nur so eine Schauergeschichte. Ich wollte euch ein bisschen Gänsehaut über den Rücken jagen."

„Buhuhu, ich bekomme gleich das große Zittern!", spottete Nicole.

In diesem Augenblick zerriss der Nebel und gab den Blick auf einen Teil der Insel frei. Dort, wo der Strand endete, erhoben sich dunkle, kahle Baumstämme. Sie schienen alles Licht zu schlucken, denn hinter ihnen war es finster.

Jupiter riss die Augen auf. „Dort … seht euch das an!“, rief er und deutete zur Insel.

Gelangweilt drehten die anderen die Köpfe. Doch der Nebel hatte sich schon wieder wie ein feuchter grauer Vorhang geschlossen.

„Was war denn da?“, wollte Oliver wissen.

Gallenburg am Gallensee

Jupiter verkniff sich zu erzählen, was er gerade entdeckt hatte.

Hatte er es überhaupt gesehen? War es vielleicht nur eine Täuschung gewesen? Hatte ihm seine Fantasie einen Streich gespielt? Waren es nur ganz normale Nebelschwaden gewesen? Oder war da tatsächlich der Kopf eines riesigen Reptils erschienen?

„Dort ist nichts … war nur ein Scherz“, murmelte Jupiter und ließ sich auf eine der feuchten Holzbänke sinken. Den Blick hielt er starr auf die Stelle gerichtet, wo die Grabsteininsel im Nebel lag. Doch der verzog sich an diesem Vormittag nicht mehr. Das Ausflugsboot tuckerte weiter.

„Fröhliche Zeit“ hieß das Ferienlager, in das Professor Katz seinen Sohn gesteckt hatte. Es befand sich auf einer Wiese am Rande der Stadt Gallenburg, nicht weit vom Gallensee.

Gallenburg schien das schlechte Wetter anzuziehen wie ein Magnet. Drei ganze Tage war Jupiter schon hier, und noch nie war die Sonne hinter den grauen Regenwolken hervorgekommen, die tief im Talkessel hingen und sich keinen Meter bewegten.

Nach der Rückkehr von der Bootstour begann es zu nieseln, und am Nachmittag schüttete es schon wie aus Kannen. Die Zelte, in denen die Lagerteilnehmer schliefen, drohten im schlammigen Boden zu versinken.

„Jungs und Mädchen, wir siedeln in die Pension Auerhahn über", verkündete Alfred durch ein Megafon.

Hastig stopften alle ihre Sachen in die Rucksäcke und verließen die Wiese, die der Regen in einen Sumpf verwandelt hatte.

Die Pension Auerhahn war ein dunkles Holzhaus. Die Zimmer waren so niedrig, dass Jupiter mit dem Kopf an die Decke stieß, und in jedem war nur für drei Stockbetten Platz.

Jupiter hatte Pech. Er landete mit Oliver in einem Zimmer. Nun konnte er sich auf endlose Aufschneidereien gefasst machen.

Nach dem Abendessen – es gab pappige Nudeln mit schmieriger Soße – forderte Alfred die

Jungen und Mädchen auf, in die „gemütliche Stube" zu kommen. Die erwies sich als muffiges Zimmer, in dem ausgestopfte Tierköpfe an der Wand hingen. Im offenen Kamin qualmten ein paar feuchte Holzscheite.

„Heute wollen wir einander besser kennenlernen, damit wir alle dicke Kumpels werden", verkündete Alfred. Er trug eine altmodische Trainingshose und darüber eine graue Strickjacke, die ihm viel zu klein war. „Jeder erzählt, woher er kommt, was seine Hobbys sind und was er gerne einmal machen möchte."

Alfred schien das allgemeine Stöhnen und Augenrollen gar nicht zu bemerken.

Oliver musste den Anfang machen. Mit näselnder Stimme erzählte er: „Ich wohne in Köln. Mein Vater ist Softwareentwickler, und wir besitzen eine Villa am Stadtrand und eine in Sylt, für die Ferien. Meine Hobbies sind Computerspiele und Tiefseetauchen. Meinen Taucheranzug, Brille und Flossen habe ich sogar dabei. Ich konnte ja nicht wissen, wie öde es hier ist. Aber zum Glück geht dieses Straflager bald zu Ende."

Alfred überhörte den letzten Satz und zeigte auf Jupiter. „Jetzt du!"

Jupiter war wirklich nicht auf den Mund gefallen. Trotzdem suchte er nach Worten. „Also …

na ja … ich bin Jupiter. Mein Vater ist Forscher für paranormale Phänomene. Wir leben in einer Burg, und mein Hobby ist der Gruselclub. Ich habe ihn mit meiner Cousine Vicky und meinem Cousin Nick gegründet. Wir untersuchen jede Art von übersinnlichen Phänomenen."

Nachdem er fertig war, hörte man für ein paar Sekunden nur das Knacken des Holzes im Kamin.

Ich habe die Leute beeindruckt, dachte Jupiter zufrieden.

In dem Moment brachen die anderen in lautes Gelächter aus.

Nicole prustete: „Mit einem Wort, du bist ein Spinner!"

Jupiter spürte, wie sein Gesicht heiß wurde. Er lief rot an und bereute, auch nur ein Wort über den Gruselclub erzählt zu haben.

„Blödmänner", sagte er leise.

Auch Alfred lächelte milde. „Nun ja, Jupiter, du verlangst doch nicht von uns, dass wir dir das glauben, oder?"

Beleidigt presste Jupiter die Lippen zusammen und schwieg. Zu seiner Erleichterung bohrte Alfred nicht weiter, sondern ließ nun Nicole von sich erzählen. Jupiter hörte nur mit einem halben Ohr hin. Nicole warf sich in Pose wie ein Fotomodell und erzählte hochnäsig von einem

Schloss, in dem sie mit ihren Eltern wohnte. Sie hatte einen Privatlehrer und wollte später Filmstar werden. Deshalb spielte sie auch in einer Theatergruppe. „Allerdings bin ich so gut, dass die anderen immer verzweifeln“, fügte sie seufzend hinzu.

Jupiter glaubte ihr kein Wort. Wieso wurde sie in dieses schreckliche Ferienlager geschickt, wenn ihre Eltern so reich waren?

Das Lager war nämlich besonders billig. Aus diesem Grund hatte es Jupiters Vater ausgesucht. Er musste für einen ganzen Monat nach Südamerika, konnte seinen Sohn aber nicht mitnehmen.

Eigentlich hätte Jupiter die Zeit bei Vicky und Nick verbringen sollen. Aber genau eine Woche vor der Abreise seines Vaters hatte Vicky Scharlach bekommen. Das Haus ihrer Familie wurde zur Sperrzone, und so musste Jupiter ins Ferienlager.

Nicht einmal seine Krähe Kox durfte er mitnehmen. Sie blieb in der Zeit bei Nick.

Endlich war der langweilige Abend zu Ende. Zurück in seinem Zimmer, schlüpfte Jupiter in den Schlafsack, den er auf einem unteren Bett ausgerollt hatte. Er wollte noch ein bisschen in dem Buch über Vampire lesen, das er mitgenommen hatte.

„He, Geisterjäger!“, kam es von der Seite.

Oliver hatte sich neben Jupiters Bett aufgepflanzt und die Arme in die Seite gestemmt. Hinter ihm standen die anderen Jungen, die in dem Zimmer wohnten. Alle grinsten erwartungsvoll.

„Was gibt's? Lass mich in Frieden!“, knurrte Jupiter.

„Geisterjäger, ich habe einen Auftrag für dich!“, verkündete Oliver.

Jupiter drehte sich auf die andere Seite.

„Lass mich in Frieden!“, wiederholte er.

„Du hast es nicht anders gewollt“, zischte Oliver.

Nächtliche Überfahrt

Eine Hand packte Jupiters Buch und riss es in die Höhe. Jupiter wollte es zurückholen, aber die anderen Jungen stürzten sich gleichzeitig auf ihn und hielten ihn nieder. Einer pappte einen breiten Klebestreifen über Jupiters Mund, ein anderer fesselte seine Handgelenke mit Klebeband.

Mit vereinten Kräften stopften sie ihn in den Schlafsack und zogen den Reisverschluss zu. Das offene obere Ende banden sie mit dem Gürtel eines Bademantels zu.

„Du hast es nicht anders gewollt“, hörte Jupiter Oliver erneut grunzen. „Wenn du meinen Auftrag nicht freiwillig annimmst, muss ich eben ein bisschen nachhelfen.“

Jupiter spürte, wie die Jungen ihn hochhoben und aus dem Zimmer schleppten. Sie trugen ihn die Treppe hinunter und aus dem Haus.

Der Regen hatte aufgehört, aber die Luft war nass und kalt.

Zweimal unternahm Jupiter den Versuch, sich von den Fesseln zu befreien. Oliver bemerkte beide Male die Handbewegungen unterm Schlafsack und boxte Jup in die Seite.

Die Jungen schleppten Jup durch die Nacht. Am Plätschern von Wellen erkannte er, dass sie am Ufer des Sees ankamen. Dort wurde er unsanft abgesetzt.

Der Boden unter ihm schwankte. Sein Kopf und seine Füße lagen erhöht. Der Schlafsack wurde geöffnet, und Olivers Gesicht tauchte über ihm auf. Jupiter lag in einem Ruderboot.

„Du wirst jetzt losrudern und zu dieser Grabsteininsel fahren. Dort machst du ein paar Fotos. Sagen wir, von mindestens zehn Grabsteinen!", erklärte Oliver mit hämischen Grinsen. „Dann darfst du zurückkommen. Hast du verstanden, du Klobürste auf Beinen?"

Jupiter kochte innerlich. Oliver war ein Pizzagesicht. Nur weil er die anderen Jungen auf seiner Seite hatte, fühlte er sich stark.

„Hast du verstanden, Klobürste auf Beinen?", wiederholte Oliver scharf. Erst jetzt bemerkte er den Klebestreifen, der noch immer auf Jups Mund pappte. Mit einer schnellen Bewegung entfernte er ihn.

Die anderen Jungen verzogen die Gesichter. Das Geräusch beim Entfernen hatte sich angehört, als wären Jupiter alle Gesichtshaare ausgerissen worden.

„Ich habe aber keine Kamera", sagte Jup, der sich seine Wut nicht anmerken lassen wollte.

Oliver streckte die Hand aus und bekam eine alte Sofortbildkamera gereicht, die er Jupiter in den Schoß fallen ließ. Mit einer Kopfbewegung gab er den anderen den Befehl, die Fesseln zu entfernen. Danach stießen sie das kleine, morsche Ruderboot auf den See hinaus.

„He, die kannst du vielleicht auch brauchen!", rief Oliver und schleuderte etwas Stabförmiges durch die Luft. Jup fing es und ertastete eine Taschenlampe.

„Ich wette, in fünf Minuten versucht er, heimlich ein Stück weiter am Ufer anzulegen und heimzulaufen", hörte er Oliver spotten. „Wir bewachen alle Eingänge der Pension. Wenn er nicht auf der Grabsteininsel war, muss er draußen schlafen."

„Elendes Großmaul. In deinem Mund kann ja ein Bus parken", schimpfte Jupiter vor sich hin. Doch wenn Oliver dachte, dass Jup sich nicht auf die Insel traute, irrte er gewaltig.

Jup hob die Ruder vom Boden auf und hängte sie in die Halterungen. Dann legte er sich kräftig in die Riemen und steuerte in die Nacht hinaus. Die Lichter der Uferpromenade wurden kleiner und schwächer.

Nachdem er ein Stück gerudert war, drehte sich Jupiter um und leuchtete mit der Taschenlampe auf den See hinaus. Noch immer lag eine Nebelschicht über dem Wasser, doch sie war nur sehr dünn.

Der Lichtkreis der Taschenlampe glitt über das Grau des Nebels und die Schwärze des Wassers und verlor sich in der Ferne. Die Insel war noch nicht zu sehen.

Also ruderte Jup weiter. Die Rudergabeln quietschten bei jedem Schlag, das Holz des Bootes knirschte und knarrte. Das Wasser schien dick und zähflüssig zu sein, nicht das leiseste Plätschern war zu hören.

Überhaupt lag eine gespenstische Stille über dem See.

So tot, dachte Jupiter. Ja, tot war das richtige Wort dafür. Der See hatte etwas Lebloses.

Völlig unerwartet knirschte es laut unter dem Boot. Jupiter wurde zuerst nach vorn und dann zurückgeworfen, so heftig, dass er von der Ruderbank fiel.

„Aua“, stöhnte er leise und kämpfte sich wieder in die Höhe. Er leuchtete über Bord, das Licht fiel auf grobe graue Kieselsteine.

Jup hatte nur seinen Jogginganzug, aber weder Schuhe noch Strümpfe an. Er rollte die Hosenbeine hoch und kletterte über Bord. Die Kälte des Wassers versetzte ihm einen heftigen Stich.

Er riss die Beine abwechselnd in die Höhe, als stünde er auf glühenden Kohlen. Dabei zog er das Boot mit beiden Händen noch weiter auf den Strand, damit es die Wellen auch bestimmt nicht wegtragen konnten.

Langsam ließ er den Lichtkreis der Taschenlampe zuerst auf die eine, dann auf die andere Seite wandern.

In der Nacht sah das Wasser des Sees tiefschwarz aus. Kleine Wellen rollten über die abgerundeten dunkelgrauen Kiesel und den schwarzen Sand des Ufers. Von Grabsteinen gab es keine Spur.

„Wuuuuuuuuuu!" Aus der Ferne kam ein lang gezogenes Heulen.

Jupiter hielt den Atem an.

Das Heulen verstummte. Die leblose Stille senkte sich wieder über See und Insel.

Die Nacht war kalt, und Jup fröstelte.

„Wuuuuuuuuu!" Da war das Heulen wieder.

Ein Werwolf, schoss es Jupiter durch den Kopf.

Nein, nach einem Wolf hatte sich das Geheul nicht angehört.

Als sich seine Augen an die Dunkelheit gewöhnt hatten, erkannte Jupiter die schwarzen Stämme der Bäume. Sie waren nur wenige Schritte von ihm entfernt. Tatzenspuren im Sand führten in den Wald. Jupiter fröstelte und beschloss, lieber am Strand zu bleiben.

Wie schiefe Zähne

Von Zeit zu Zeit rollten kleine Wellen an Land und setzten die Kieselsteine am Ufer knirschend in Bewegung.

Jupiter schluckte heftig und zog den Reißverschluss seiner Jacke bis zum Kinn hoch. Eine Hand stopfte er in die Bauchtasche, mit der anderen hielt er die Lampe. Die Kamera hatte er umgehängt.

Langsam schritt er am Strand entlang. Er blieb dabei immer an der Grenze, wo ihn das Wasser nicht mehr erwischen konnte. Dem Wald wollte er mal lieber nicht zu nahe kommen. Noch immer sah er vor seinem inneren Auge das riesige Reptil, das er am Vormittag vom Boot aus erblickt hatte.

Ängstlich starrte er zu den dunklen Stämmen. Sie wirkten so unwirklich. Gar nicht wie

Bäume, sondern mehr wie hohe, schwarze Knochen, die jemand in die Erde gesteckt hatte.

Autsch! Jup war mit den nackten Zehen gegen etwas Hartes, Raues gestoßen. Erschrocken sprang er zurück.

Vor ihm ragte schief ein Grabstein aus der Erde. Er erinnerte an einen einzelnen Zahn. Langsam ging Jup in die Hocke und leuchtete den Stein ab. Er war dunkel und an vielen Stellen von hellen Flechten und Moos überzogen. Ein Riss verlief von oben nach unten.

Auf der Vorderseite befand sich eine grinsende Fratze. Darunter waren der Name Stephan Silver und die Jahreszahlen 1811–1875 eingemeißelt.

Jupiter richtete die Kamera auf den Grabstein und drückte ab. Surrend wurde das Bild ausgespuckt. Noch war es grau, aber in den nächsten Minuten würde es sich selbst entwickeln.

Langsam stand Jup auf und starrte dabei nur auf das Bild. Seine nackte Wade streifte den Grabstein.

Erschrocken machte Jupiter einen großen Schritt zurück und leuchtete den Stein an.

Die Fratze grinste noch immer. Ihre Augen waren tot und leer. Der Stein schien unverändert zu sein.

Langsam, fast in Zeitlupe, bewegte sich Jupiter wieder auf den Stein zu. Er hatte die flache Hand ausgestreckt und legte die Finger vorsichtig auf den Grabstein.

Gleich darauf zog er sie wieder zurück.

Er hatte sich vorhin nicht getäuscht. Der Stein fühlte sich warm an. So als hätte ihn die Sonne den ganzen Tag aufgeheizt.

Doch die Sonne hatte nicht geschienen.

Jupiter schauderte. Er schüttelte sich wie ein nasser Hund, machte einen großen Bogen um den Grabstein und lief am Strand weiter.

Es dauerte nicht lange, und er befand sich vor den nächsten Grabsteinen. Diesmal waren es drei nebeneinander. Zwei standen ganz nahe nebeneinander, der dritte war ein Stück entfernt.

Nachdem er sie nacheinander geknipst hatte, wollte Jupiter sofort zum nächsten Stein. Wenn das so weiterging, hatte er die zehn Fotos bald beisammen. Oliver würde das große Maul dann vor Staunen offen bleiben. Und Jupiter konnte bestimmt bei den anderen Teilnehmern des Ferienlagers punkten und sich damit Ruhe für die nächsten Wochen verschaffen.

Jup lief zwischen den Grabsteinen hindurch und hielt die Taschenlampe über seinen Kopf, um so gut wie möglich in die Ferne leuchten zu können. Doch er kam nicht weit. Erst hörte er etwas in der Erde rascheln, dann griffen kalte Finger nach seinem Fußgelenk. Jupiter wollte schreien, doch er brachte keinen Ton heraus.

Die Totenglocke

Als Jupiter nach unten leuchten wollte, wurde an seinem Fuß gerissen, er verlor fast das Gleichgewicht, und die Taschenlampe flog im hohen Bogen weg.

Eine Hand. Das war eine Hand! Sie musste aus dem Boden gekommen sein und umklammerte ihn nun mit eisigem Griff.

Ein Toter war erwacht. Ein Toter hatte nach oben gegriffen und seinen Fuß gepackt.

Jupiter geriet in Panik. Er versuchte, sich loszureißen, doch der Griff war eisern.

„Loslassen, lass mich los!“ Seine Stimme war nur ein heiseres Krächzen.

Immer fester umklammerten die knochigen Finger seinen Fuß. Jup bekam Angst, sie könnten seinen Knöchel zerquetschen. Mit einer Hand stützte er sich auf einem Grabstein ab, mit der anderen trat er nach dem unheimlichen Angreifer. Er spürte, wie seine Fußsohle über die raue, eisige Hand rutschte, die aus dem Boden gekommen war.

Noch einmal trat Jupiter zu. Dabei versuchte er, vor allem den Arm zu treffen, der zu der Geisterhand gehörte. Er erwischte ihn mit der Ferse und merkte, wie sich die Finger lockerten.

„Ja!“, keuchte Jup triumphierend, während er weiter zerrte und ruckte. Endlich gelang es ihm, sich dem Griff der Geisterhand zu entwinden. Er fiel auf den Boden und robbte auf allen vieren zur Taschenlampe. Es war fast unmöglich für ihn, die Hände ruhig zu halten, als er die Lampe zu fassen bekam. Er lenkte den Strahl zu der Lücke zwischen den Grabsteinen, wo die Hand aufgetaucht war, und leuchtete den nassen Boden ab.

Das war ja merkwürdig.

Die Hand war verschwunden. Auch ein Loch in der Erde war nicht zu sehen.

Jups ganzer Körper bebte. Ihm war egal, was die anderen von ihm dachten. Er pfiff auf die zehn Fotos – er wollte auf dem schnellsten Weg zurück! Sollten sie doch selbst auf die Grabsteininsel kommen, wenn sie alle so mutig waren. Lieber schlief er in einer Scheune, als noch länger auf dieser Insel zu bleiben.

Keuchend stand er auf. Seine Knie waren weich, als wären sie mit Pudding gefüllt. Er konnte sich kaum aufrecht halten. Noch immer hämmerte sein Herz laut und schnell.

„Ruhig, ganz ruhig. Reg dich ab", redete er sich leise zu.

Er machte einen großen Bogen um die Grabsteine und streifte mit der Schulter einen der Baumstämme. Die Rinde war rau wie Sandpapier und kratzte über seine Jacke. Jupiter taumelte erschrocken nach hinten.

Und da hörte er es. Aus dem Wald kam das Läuten einer Glocke. Es war weder eine Kirchturm- noch eine Kuhglocke. Dem Klang nach schien es sich um eine kleinere Glocke zu handeln, die immer wieder angeschlagen wurde.

„Eine Totenglocke, wie auf einem Friedhof", flüsterte Jup. Diese Glocke wurde geläutet, wenn ein Sarg zu Grabe getragen wurde.

Aber wer läutete? Der Wind konnte es nicht sein, denn es wehte nicht das leiseste Lüftchen.

War jemand außer ihm auf der Insel?

Kling-kling … kling-kling! Der Ton der Glocke wurde immer höher und schriller.

Klirr-klirr … klirr-klirr!

„Aaaaahhh!!!" Erschrocken machte Jupiter einen Sprung zur Seite. Von hinten hatte etwas seine Beine gestreift. Er leuchtete nach unten und verzog überrascht das Gesicht.

„Was machst du denn da?", fragte er.

Die Antwort war ein treuherziges Winseln.

Vor ihm saß ein grauer Hund und blickte ihn mit zur Seite gelegtem Kopf an.

Er war ungefähr so groß wie ein Spaniel und sah sehr ausgehungert und dürr aus. Sein Fell war struppig und stumpf, aber um ein Auge hatte der Hund einen niedlichen weißen Fleck. Er sah wie ein Monokel aus und gab ihm etwas Nachdenkliches, Kluges und Aristokratisches. Ein Ohr war schwarz, das andere hatte eine weiße Spitze.

„Wie kommst du denn auf diese Insel?", fragte Jup den Hund. Das konnte nur bedeuten, dass tatsächlich jemand hier lebte.

Das Läuten der Glocke war noch lauter geworden. Es klang drängend und auffordernd.

Der Hund legte den Kopf nach hinten und heulte. Es war das Heulen, das Jupiter vorhin gehört hatte. Danach zog der Hund auffordernd an Jups Hosenbein und lief in den Wald.

„Warte … nicht so schnell!", rief ihm Jupiter hinterher.

Was wollte der Hund ihm zeigen? War sein Herrchen vielleicht krank? Brauchte er Hilfe? Läutete er womöglich schon tagelang die

Glocke, und niemand hatte ihn bisher gehört?

Ohne auch nur ein einziges Mal stehen zu bleiben, rannte der Hund zielstrebig ins Innere der Insel. Jupiter folgte ihm, kam aber nur mühsam hinterher. Im Wald ragten viele Wurzeln und Steine aus dem Boden. Mehrere Male stolperte Jup und landete auf dem Boden, der für einen Wald ungewöhnlich hart war. Totes Laub, abgefallene Nadeln und weiche Erde schien es auf der Insel nicht zu geben.

„He, wo bist du?“, rief Jupiter. Er hatte den Hund aus den Augen verloren. Es war auch kein Geräusch mehr zu hören, das ihm die Richtung angezeigt hätte, in die der Hund gelaufen war.

Ratlos blieb Jupiter stehen. Rund um ihn erhoben sich uralte, dicke Baumstämme. Die meisten ragten wie zugespitzte Holzpflöcke in die Höhe. Nur wenige hatten Äste. Kahl waren alle.

Eine Entdeckung ließ Jupiter kalte Schauer über den Rücken kriechen. Er spürte, wie sich die Haare auf seinen Armen aufstellten.

Wieder sah er Tatzenspuren auf dem Boden. Doch diese hier waren so groß wie die von einem Dinosaurier.

Weg hier, nur weg!, war sein einziger Gedanke.

Hinter dem spitzen Bogen ...

Jupiter hörte sein eigenes Keuchen. Es war schnell und zitternd.

Das Läuten der Totenglocke hatte eine Weile ausgesetzt, war nun aber wieder zu hören, lauter und höher als zuvor. Die metallischen Töne drangen durch Jups Ohren in seinen Kopf und lähmten seine Gedanken. So groß sein Schock über die riesige Spur eben noch gewesen war, auf einmal wollte er nicht mehr flüchten.

Fast wie von selbst setzten sich Jups Beine in Bewegung. Seine Schritte waren mechanisch und eckig. Er fühlte sich wie ein Roboter, der ferngesteuert wurde.

Ich muss die Glocke finden.

Ich muss die Glocke finden.

Ich muss die Glocke finden.

Dieser Gedanke hämmerte ununterbrochen in seinem Kopf.

Eine unsichtbare Kraft schob Jupiter durch den Wald, immer näher zur Glocke. Das Läuten klang fordernd und schien zu fragen: „Wo bleibst du? Wie lange muss ich denn *noch* warten?“

Er kam auf eine riesige Lichtung, über der nass und schwer der Nebel hing wie eine Decke. Eine bohrende Kälte ging von ihm aus und griff wie eine eisige Hand nach Jupiter.

Hinein, ich muss hinein und die Glocke finden!

Die Glocke finden.

Die Glocke finden.

Für einen Augenblick stutzte Jupiter.

Wieso war es hier so hell? Er blieb stehen und sah sich um. Alle paar Meter war eine Feuerschale aufgestellt, aus der bläuliche Flammen loderten.

Wo kamen die denn her?

Die Schalen bildeten einen Weg. Den Weg zur Glocke.

Ich muss die Glocke finden.

Der dichte Nebel umhüllte Jup wie ein schweres Tuch. Bald sah er nur noch Grau rund um sich.

Das Klingeln der Glocke wurde schneller, Jups Schritte ebenso. Er lief über einen Weg, der mit großen Kieselsteinen gepflastert war, und kam nun rasch und ohne Hindernisse voran.

Kling-kling-kling.

Schritt-Schritt-Schritt.

Schneller, schneller, schneller.

Jupiter konnte nicht mehr stehen bleiben.

Plötzlich zerrissen die nassen Schwaden, und er trat in einen kuppelförmigen Raum, der sich wie eine Blase im Nebel auftat.

Wie war das möglich? Wie konnte der Nebel einen Raum bilden?

In der Mitte des Raumes erhob sich ein Bogen, der nach oben hin spitz zulief. Er schien weder aus Stein noch aus Holz gebaut zu sein. Die glatte Oberfläche glänzte metallisch, war aber nicht fest. Immer wieder liefen Wellen von unten nach oben durch beide Seiten des Bogens.

Mehrere Male kniff Jupiter die Augen zusammen und riss sie wieder weit auf.

Der Bogen stand noch immer da, glänzte noch immer metallisch und schien noch immer in Bewegung.

Ganz oben hing die graue Glocke, die unermüdlich hin und her zuckte. Bei jedem Schlag des Klöppels musste Jupiter einen Schritt näher treten.

Ein dunkles Brummen kam aus dem Bogen. Es klang wie der tiefste Ton einer Orgel.

Wer oder was erzeugte diesen Ton?

Der Bogen stand ganz allein auf dem Platz aus grauem Stein. Es gab keine Mauern rundherum, und auch auf der anderen Seite war nur das Grau des Nebels zu sehen.

Jupiter war nur noch wenige Schritte vom Bogen entfernt. Er konnte nicht anders, er musste durchgehen.

Das Brummen ließ die Erde vibrieren.

Jup hatte den Blick nach vorn gerichtet, durch den Bogen.

Seine Augen weiteten sich vor Entsetzen. Er versuchte stehen zu bleiben, aber seine Beine ließen sich nicht stoppen. Sie gingen ganz allein weiter.

„Nein, nein! Neeeeiiiiinnnn!“, schrie Jupiter aus Leibeskräften.

Das Riesenmaul

Hinter dem Bogen war der Nebel in Bewegung geraten. Er hatte sich zu einer brodelnden Wolkenmasse verdichtet, die immer dunkler und schließlich fast schwarz wurde.

Besonders gespenstisch daran war, dass links und rechts des Bogens alles so ruhig blieb, wie es war. Der Bogen schien eine Art Tor zu sein, ein Tor in eine andere Welt.

Aus den brodelnden Wolken tauchten Gesichter auf. Ihre Haut war weiß und faltig, die Augen lagen in tiefen dunklen Höhlen, die dünnen, grauen Haare waren lang und stumpf.

Knochige Hände streckten sich nach Jupiter aus, versuchten nach ihm zu greifen und ihn auf die andere Seite des Tores zu ziehen.

„Nein! Neiiin!“, brüllte Jup, so laut er konnte.

Die Mienen der uralten Gesichter blieben

unverändert. Sie schienen ihn gar nicht zu hören.

„Lasst mich, nein!“, keuchte Jupiter und versuchte umzukehren.

Es war nicht möglich.

Mit jedem Glockenschlag wurde eines seiner Beine nach vorn geschleudert. Er musste durch den Torbogen schreiten, auch wenn er nicht wollte. Es gab keine andere Chance für ihn.

Noch sieben Schritte.

Noch sechs.

Noch fünf.

Schon konnten ihn die grauen Hände fast berühren. Schlaff und kraftlos fuhren sie durch die Luft.

Noch vier Schritte.

Der Orgelton dröhnte immer lauter.

Der Boden erzitterte wie bei einem Erdbeben. Eine hohe Welle sauste von unten nach oben durch die beiden Seiten des Torbogens, der flüssig und doch fest zu sein schien.

Mit mächtigem Donnern bebte die Erde wieder, und nach einer kurzen Pause noch einmal.

Rechts über Jupiter brüllte etwas im Nebel. Einen solchen Schrei hatte er noch nie gehört.

Der Nebel wurde zerrissen, und ein schuppiger Kopf mit tellergroßen gelben Augen sauste herab. Jup starrte in ein weit geöffnetes Maul, in dem eine kleine rosafarbene Zunge tanzte. Aus den Kiefern ragten messerlange, spitze Zähne. Schäumender Speichel quoll zwischen ihnen heraus und rann über das Maul. Stinkender feuchter Atem schlug Jupiter entgegen, als das Monster abermals brüllte.

Nur noch zwei Schritte war Jupiter von dem Torbogen entfernt. Die grauen faltigen Hände glitten körperlos durch ihn hindurch. Wo sie sich bewegten, hatte er das Gefühl, innerlich zu gefrieren.

Mit einem tiefen, gurgelnden Brüllen stürzte das Ungeheuer auf Jupiter zu. Dabei stieß es gegen den Torbogen, der zu wanken und zu wabbeln begann, als wäre er aus Gummi. Die Glocke fiel zu Boden, der Bogen kippte.

Die Münder der Gesichter formten sich zu einem verzweifelten „Nein!“, bevor die dunklen Wolken in die andere Welt zurückgesogen wurden und in einem Strudel verschwanden. Die rätselhaften Fratzen wurden mitgerissen.

Das Tor zerbrach beim Aufprall nicht in Trümmer, sondern sank lautlos in sich zusammen wie eine hohe Welle.

Übrig blieb nur eine riesige silberne Pfütze, die sich wie ein kleiner See nach allen Seiten ausbreitete.

Jupiter spürte, dass er jeden Muskel seines Körpers angespannt hatte. Wie erstarrt stand er da und konnte den Blick nicht vom Boden nehmen.

Jemand beobachtete ihn.

Er hob den Kopf und blickte direkt in ein gelbes Reptilienauge. Hinter einem schlitzförmigen Spalt funkelte es ihn abwartend an.

Der schuppige Schädel war riesig, mindestens so groß wie ein Kleinwagen. Das Maul wurde aufgerissen, und wieder brüllte das Tier los. Der Luftstoß aus seinem Inneren war so stark, dass Jupiter nach hinten gerissen wurde, stolperte und fiel.

Sofort wollte sich das Monster auf ihn stürzen.

Jup robbte rückwärts und ließ es dabei keine Sekunde aus den Augen.

Hau ab!, wollte er schreien, aber aus seinem Mund kam nur ein leises Wimmern.

Um seinen Hals baumelte noch immer die Sofortbildkamera. Er wollte sie nach dem Ungeheuer werfen, doch er bekam den Riemen nicht über den Kopf. Aus Versehen drückte er den Auslöser. Es blitzte grell, und mit lautem Surren kam das Bild aus dem Schlitz.

Geblendet kniff das Monster die Augen zu und warf brüllend den Kopf in die Höhe.

Jupiter gelang es endlich, auf die Beine zu kommen. Was danach geschah, konnte er später nicht mehr genau sagen. Seine Beine waren wie von allein losgerannt. Immer schneller. Spitze Steine hatten sich in seine nackten Füße gebohrt, doch Jupiter hatte sie kaum gespürt.

Die schwarzen Baumstämme flogen an ihm vorbei. In seinen Ohren hörte er nur das eigene Keuchen. Sein Herz schlug bis in den Hals, der Schweiß strömte über seinen Rücken.

Auf einmal ließ er die letzten Bäume hinter sich und rannte auf den Strand hinaus. Hastig leuchtete er die Linie zwischen Wasser und Kieselsteinen ab und suchte nach dem Ruderboot. Er musste es finden. Er musste es finden. Er musste …

Jupiter erstarrte.

Was war das?

Hinter einem Grabstein der Dreiergruppe waren Spuren von Schwimmflossen zu sehen.

Blinder Passagier

Jupiters Lunge brannte, als hätte jemand glühende Kohlen eingefüllt. Erst jetzt spürte er das schreckliche Seitenstechen, das ihm fast den Atem raubte.

Japsend taumelte er den Strand hinunter. Er bückte sich ächzend und betrachtete die Flossenspuren auf dem Boden.

Sie waren noch ganz frisch.

Nichts wie weg, dachte er erneut. Noch immer keuchend, taumelte er weiter bis zu dem kleinen Ruderboot, mit dem er gekommen war. Es lag auf dem Strand, so wie er es verlassen hatte. Jup zog es durch den Sand und über die Steine ins Wasser und schwang sich an Bord.

Sein ganzer Körper schmerzte, als wäre er gefoltert worden. Bestimmt hatte er morgen den schlimmsten Muskelkater seines Lebens.

Mit einem Ruder stieß sich Jup kräftig ab, und der morsche Kahn glitt durch das dunkle Wasser auf den See hinaus.

Ein Kratzen unter der Bank im Heck ließ Jup erschrocken in die Höhe fahren. Er ließ die Ruder los. Eines rutschte aus der Drehgabel, fiel ins Wasser und trieb sofort davon.

Das Boot geriet ins Schwanken, als Jup mit dem anderen Ruder das verloren gegangene zurückholen wollte. Er musste sich wieder setzen.

Mist! Das Ruder war fort. Er konnte es nicht mehr sehen. Nun musste er mit nur einem Ruder zur Stadt zurückkommen. Er konnte also nur paddeln, und das würde in dem breiten Boot Schwerstarbeit werden.

Ein lang gezogenes Wimmern erklang unter der Bank.

Jupiters Herz schlug sofort wieder doppelt so schnell. Trotz der Kühle der Nacht rann ihm der Schweiß aus allen Poren. Er richtete den Strahl der Taschenlampe auf das unheimliche Schwarz im hinteren Teil des Bootes.

Der Kopf des struppigen Hundes tauchte auf. Treuherzig sah er Jup mit seinen feuchten dunklen Augen an und winselte bittend.

Erleichtert atmete Jupiter auf. „Hast du mich erschreckt! Hast dich wohl heimlich an Bord geschlichen, du blinder Passagier."

Der Hund legte den Kopf von einer Seite auf die andere und spitzte die ausgefransten Ohren.

Ein ungutes Gefühl beschlich Jupiter.

Es war der Hund gewesen, der ihn zu diesem Torbogen geführt hatte.

Oder war es doch der Klang der Totenglocke gewesen?

Wieso war der Hund plötzlich verschwunden?

Jup überlegte kurz, ob er ihn nicht besser wieder auf die Insel bringen sollte. Aber er wollte heute Nacht auf keinen Fall noch einmal zurück.

Jupiter paddelte und paddelte. Das Boot schien sich im Zeitlupentempo durch das Wasser zu bewegen.

Ihm kam ein schrecklicher Gedanke: „Ich fahre in die falsche Richtung. Ich steuere immer weiter auf den See hinaus."

Doch schließlich tauchte eine lange Kette kleiner Lichter in der Ferne auf. Die Lampen der Uferpromenade!

Die Aussicht, bald wieder festen Boden unter den Füßen zu haben, beflügelte Jupiter, und er stieß das Paddel kräftig ins Wasser.

Sie hatten kaum das Ufer erreicht, da sprang der Hund mit einem Kläffen aus dem Boot und verschwand in der Nacht. Jupiter blickte ihm verwirrt hinterher, dann vertäute er das Boot. *„Morgen habe ich Oberarmmuskeln wie Mister*

Universum", dachte er. Er fröstelte und schlug mit den Armen um sich, damit ihm ein bisschen wärmer wurde. Barfuß huschte er durch die dunklen, verlassenen Gassen von Gallenburg. Es war nach Mitternacht, und hinter keinem einzigen Fenster brannte mehr Licht.

„Und wie komme ich in mein Zimmer?", überlegte er. Oliver hielt bestimmt noch Wache.

Die Pension besaß zwei Eingänge. Der Vordereingang war abgesperrt. Es gab zwar einen Klingelknopf, aber Jup wollte Alfred nicht unbedingt aus dem Bett werfen. Bestimmt würde dem Erzieher ausnahmsweise mal das eingefrorene Grinsen vergehen, und er würde Jupiter eine stundenlange Strafpredigt halten.

Also schlich Jup zur Rückseite des Hauses, wo sich der Hintereingang befand. Die Klinke ließ sich niederdrücken, die Tür ging auf.

Der Gang, der dahinter lag, wurde von einer schwachen nackten Glühbirne schummrig erleuchtet.

Beinahe wäre Jup über etwas gestolpert, das quer über dem Boden lag. Gleichmäßiges Atmen drang an sein Ohr. Er blickte nach unten und grinste schief.

Auf dem Boden, gegen die Wand gelehnt, saßen Oliver und seine Helfer. Alle schliefen tief und fest. Sie hatten zweifellos auf Jupiter gewartet, waren dabei aber vom Schlaf übermannt worden.

„Na wartet", dachte Jup. Er bückte sich und hantierte an den Füßen der Jungen. Danach pflanzte er sich auf der Treppe auf und leuchtete mit der Taschenlampe von unten auf sein Gesicht. Er schnitt eine wilde Grimasse und machte einen schaurigen Laut. Er klang nach einem Toten, der nach dreihundert Jahren zum ersten Mal sein Grab verlässt.

Erschrocken rissen Oliver und die anderen die Augen auf. Sie waren so verschlafen, dass sie sich zuerst nicht zurechtfanden und verwirrt um sich blickten. Dann jedoch entdeckten sie die Gestalt auf der Treppe und keuchten entsetzt. Sie sprangen auf, stolperten aber sofort und landeten wieder auf dem Boden. Dabei verhedderten sie sich ineinander, und bald waren sie nur noch ein Knäuel aus Armen und Beinen.

Kichernd huschte Jup nach oben und verschwand in seinem Zimmer. Er breitete den Schlafsack auf dem Bett aus und schlüpfte hinein.

Draußen auf dem Gang ging das Licht an.

„Was ist hier los?", fragte Alfred gähnend. Jup hörte, wie er nach unten tappte und gleich darauf lospolterte: „Seid ihr noch zu retten? Was macht ihr um diese Zeit hier? Steht auf! Ihr habt mir einiges zu erklären!“

„Wir ... wir können nicht!“, jammerten die Jungen.

Jupiter hatte die Schnürsenkel ihrer Sportschuhe untereinander verknotet. Oliver hing nun an seinen Kumpanen, im wahrsten Sinne des Wortes.

Zufrieden lächelnd streckte sich Jupiter auf dem Bett aus. Erst jetzt spürte er, wie müde und erschöpft er war. Wenn er die Augen schloss, tauchten die grässlichen Gesichter hinter dem Torbogen wieder auf. In seinen Ohren dröhnte noch immer das Brüllen des Monsters.

„Jupiter ist schuld“, hörte er Oliver unten jammern.

Schritte polterten die Treppe nach oben.

Schnell drehte sich Jup zur Wand und stellte sich schlafend. Dabei bohrte sich etwas Kantiges in seinen Bauch.

Alfred warf einen Blick in das Zimmer.

Jupiter schnarchte leise.

„Der schläft doch!“, sagte Alfred leise und zog die Tür zu. Danach verdonnerte er die Jungen zu einer Strafarbeit in der Gaststube.

Als wieder Ruhe im Haus eingekehrt war, holte Jup die Kamera hervor, die noch immer um seinen Hals hing. Das Bild des Ungeheuers steckte schief im Auswurfschlitz. Jup knipste die Nachttischlampe an und betrachtete es nachdenklich. Aus der Tasche seiner Jogginghose holte er die anderen Fotos.

Verwundert runzelte er die Stirn.

Die Gesichter auf den Grabsteinen waren dieselben, die er auch im Torbogen gesehen hatte.

Er grübelte noch eine Weile, was das zu bedeuten hatte, dann knipste er das Licht aus und fiel in einen unruhigen Schlaf.

Rache ist Blutwurst

Mit einem tiefen Seufzer legte Jupiter sein Handy auf den Nachttisch. Er ging zurück in die Stube der Pension, wo die anderen Jungen und Mädchen frühstückten.

Bereits am nächsten Tag würden Vicky und Nick in das Ferienlager kommen. Vicky war wieder gesund und ganz wild darauf, mehr über die Grabsteininsel herauszufinden.

Als sich Jup an seinen Tisch setzte, spürte er die bösen, giftigen Blicke von Oliver und den anderen Jungen, die ihm in der Nacht den Streich gespielt hatten und dann selbst von ihm hereingelegt worden waren.

Oliver beugte sich zu ihm herüber und zischte drohend: „Rache ist Blutwurst, du Angeber."

Jupiter wollte sich verteidigen, ließ es dann jedoch bleiben. Es hätte keinen Sinn.

„Du hast dir auf der Grabsteininsel vor Angst in die Hosen gemacht“, sagte Oliver leise, aber doch laut genug, damit es die anderen hören konnten. Seine Anhänger kicherten hinter vorgehaltener Hand.

„Woher willst du das wissen?“, fragte Jupiter mit gespielter Ahnungslosigkeit.

„Wir … wir haben dich beobachtet … mit dem Fernglas“, stotterte Oliver.

In Wirklichkeit war Oliver in der Nacht zur Grabsteininsel geschwommen. Er hatte seinen schwarzen Taucheranzug getragen, als Schutz gegen die Kälte des Wassers. Hinter einem Grabstein versteckt, hatte er dann auf Jup gewartet und ihn am Fuß gepackt. Die Spuren der Flossen waren Jupiter nicht entgangen, und er hatte sich längst seinen Reim darauf gemacht.

Er lächelte Oliver mitleidig an. „Mann, denkst du wirklich, ich fürchte mich vor Händen, die aus Gräbern kommen? Ich habe sofort erkannt, dass du mich erschrecken wolltest.“

Das war glatt gelogen, aber Oliver bemerkte es nicht.

„Warum bist du eigentlich so schnell wieder zurückgeschwommen?“, wollte Jupiter wissen. „Hast du es selbst mit der Angst zu tun bekommen?“

Olivers Kopf wurde hochrot, und seine Freunde kicherten wieder. Diesmal aber über ihn.

„Mach dir nichts draus, es kann nicht jeder so viel Mut haben wie ich!", erklärte Jupiter mit breitem Grinsen.

Wütend biss Oliver in sein Brötchen, erwischte dabei aber seine Zungenspitze und verzog ächzend das Gesicht.

Obwohl es ihm schwerfiel, behielt Jupiter seine Erlebnisse auf der Grabsteininsel für sich. Er wollte sie erst am nächsten Tag mit seinen Freunden vom Gruselclub besprechen.

An diesem Tag schien zum ersten Mal die Sonne. Alfred beschloss daher für heute einen Badetag, und nach dem Frühstück brach die Gruppe zum See auf.

Am Ufer entdeckte Jup eine Tafel. Auf ihr war eine Karte des Gallensees mit seinen kleinen Inseln zu sehen. Bei der Grabsteininsel war ein Aufkleber angebracht, auf dem in roter Leuchtschrift stand:

BETRETEN STRENGSTENS VERBOTEN!

Er sah noch ganz neu aus.

Mit den Händen auf dem Rücken kam ein Mann in einer dunkelblauen Uniform den Weg entlang. Er ging leicht nach vorn gebeugt. Auf seinem Ärmel war ein Streifen aufgenäht, der ihn als „Gästebetreuung“ auswies.

Jupiter trat vor ihn und fragte höflich: „Entschuldigung, aber warum ist das Betreten der Grabsteininsel nicht erlaubt?“

Die Miene des Mannes verfinsterte sich.

„Hast du vielleicht vor hinzufahren?“, fragte er streng.

„Nein, nein, ich will nur wissen, was auf der Insel los ist. Muss ja etwas Gefährliches sein, wenn das Betreten verboten ist!“

Das teigige Gesicht des Mannes beugte sich zu Jup herab, und die dunklen Augen funkelten ihn an. Mahnend erhob der Mann den Zeigefinger und sagte drohend: „Lass dir bloß nicht einfallen, einen Fuß auf diese Insel zu setzen!“

„Aber warum denn nicht?“ Jup beharrte auf seiner Frage.

„Zu viel Neugier kann schädlich sein“, erklärte der Mann und verzog seinen Mund zu einem bösartigen Grinsen. Seine Zähne waren klein und grau. „Also, schön brav immer in der Nähe des Strandes bleiben. Ab morgen regnet es ohnehin wieder“, fügte er hinzu.

Er ließ Jupiter einfach stehen und ging weiter.

Alfred trat zu Jup und legte ihm die Hand auf die Schulter. „Na, Sportsfreund, alles unter Kontrolle?“

„Warum ist es verboten, die Grabsteininsel zu betreten?“, fragte Jupiter auch ihn.

Das Gesicht des Erziehers wurde ernst. „Wegen der schrecklichen Vorfälle. In den vergangenen Wochen sind vier Leute verschwunden, die unbedingt am Strand der Insel ein Lagerfeuer anzünden wollten. Ihre Schreie sind über den See geschallt. Mehrere Leute sind sofort zur Insel gefahren, konnten die vier aber nicht mehr finden. Na, ist das Grund genug, die Insel zu meiden?“

Jupiter sah Alfred nachdenklich an. Stimmte die Geschichte, oder nahm ihn der Leiter des Ferienlagers auf den Arm?

Unbekannte Tote

„Habe ich dir Angst gemacht?“, fragte Alfred besorgt. Als Jupiter nicht sofort antwortete, sagte er schnell: „Du darfst mir nicht alles glauben. Ich habe die Geschichte gerade erfunden.“ Er brach in schallendes Gelächter aus und ließ Jup stehen, weil er zwei raufende Jungen trennen musste.

„Ha-ha-ha“, machte Jup hinter seinem Rücken.

Er hatte keine Lust, ins Wasser zu gehen. Als er sein Handtuch auf einer Bank ausbreitete, hörte er neben sich ein leises Winseln. Er blinzelte, weil ihn das Sonnenlicht blendete, und erkannte den grauen, struppigen Hund, der mit ihm von der Insel zurückgefahren war. Er hatte ihn schon fast wieder vergessen.

„Wo kommst du denn her?“, fragte Jupiter.

Der Hund klopfte auffordernd mit den

Vorderpfoten auf den Boden und machte ein paar Sprünge Richtung See.

„Nein, ich habe keine Lust zu schwimmen!", knurrte Jup.

Der Hund blickte ihn treuherzig an und winselte leise. Er kam und rieb seinen Kopf an Jupiters Arm. Dann leckte er mit seiner trockenen, sehr rauen Zunge über Jups Hand. Die Zunge kratzte wie Sandpapier, und Jupiter spürte ein starkes Brennen. „Aua!", rief er und zog die Hand weg.

Eine schmale Blutspur blieb an der Stelle, wo der Hund geleckt hatte. Seine Zunge war so rau, dass sie die Haut abgeschürft hatte.

Jup wollte mit dem Hund schimpfen, aber der sprang schon wieder davon.

Am nächsten Tag schüttete es wieder wie aus Kannen. Die schweren, dunklen Wolken hingen so tief, dass es in Gallenburg gar nicht richtig hell wurde.

Um 10.25 Uhr trafen Vicky und ihr Bruder Nick am Bahnhof ein. Jupiter hatte die Erlaubnis bekommen, sie abzuholen. Mit zwei Schirmen bewaffnet, empfing er sie am Bahnsteig.

Auf dem Weg zur Pension ließen sich die drei viel Zeit. Es war die einzige Möglichkeit, ungestört und ohne lästige Lauscher zu reden.

Aufmerksam hörten sich Vicky und Nick an, was ihr Cousin bisher erlebt hatte. Danach stand für Vicky fest, was zu tun war.

„Wir fahren noch einmal auf diese Insel und sehen uns genau um. Jetzt wissen wir, was alles geschehen kann, deshalb wird es uns nicht mehr so erschrecken. Gute Vorarbeit, Jupiter, Respekt!"

„Danke", erwiderte Jup trocken. „Deinen Assistenten und Helfer lässt so viel Lob fast aus den Schuhen kippen." Er tat, als fiele er um, und ließ sich von Vicky auffangen.

„Blödmann", schimpfte sie und richtete ihre Brille. Nick kicherte verschmitzt.

Am Nachmittag verkündete Alfred, dass sie einen Ausflug ins Stadtmuseum unternehmen wollten. Der Gruselclub fand den Vorschlag gut. Vielleicht konnten sie dort mehr über die Grabsteininsel erfahren.

Im Museum wurde die Gruppe von einem dünnen, langen Mädchen empfangen. Es hatte links und rechts ein Pferdeschwänzchen vom Kopf wegstehen und war sehr aufgeregt.

„Mein Name ist Franziska. Soll ich euch durch das Museum führen, oder wollt ihr euch allein umsehen?", fragte sie.

Oliver warf ihr einen hochmütigen Blick zu und brummte: „Wir langweilen uns lieber allein, danke!“ Er gab seinen Getreuen einen Wink, ihm zu folgen.

Jupiter, Vicky und Nick traten zu dem Mädchen, das mit hängenden Schultern dastand und ein enttäuschtes Gesicht machte.

„Wir hätten einige Fragen“, begann Vicky.

„Gerne!“ Franziska strahlte, als wäre gerade die Sonne aufgegangen.

„Wer ist auf der Grabsteininsel begraben?“, wollte Jup wissen.

Franziska rückte nur langsam mit dem heraus, was sie wusste. „Also … also … das ist eine merkwürdige Sache. Die Grabsteine sind immer über Nacht aufgetaucht. Als wären sie aus dem Boden gewachsen. Keiner kennt die Namen, die eingemeißelt sind. Diese Leute haben nie in Gallenburg gelebt. Auch nicht in der Umgebung. Aber früher soll jedes Mal ein Bewohner der Stadt verschwunden sein, wenn ein neuer Grabstein aufgetaucht ist.“

Die Geschichte hatte Alfred damals auf dem Boot auch erzählt.

„Wann ist der letzte Grabstein erschienen?“, forschte Jup weiter.

Franziska überlegte kurz. „Ich weiß es nicht genau. Doch es ist lange her. Übrigens sind die verschwundenen Bewohner alle wieder aufgetaucht. Entweder wurden sie aus dem See gezogen, oder sie haben es selbst bis zum Ufer geschafft. Sie standen unter Schock und behaupteten, auf der Grabsteininsel gewesen zu sein. Was sie dort erlebt hatten, muss so schrecklich gewesen sein, dass sie es nicht schafften, Genaueres zu erzählen."

Staunend hörten die drei vom Gruselclub zu. Franziska war auch noch nicht fertig. „Die Insel wird deshalb seit Jahren nicht mehr betreten. Der Grund für die kahlen Bäume ist übrigens eine Blattlaus, die es sonst nirgendwo gibt. Manche behaupten, Bauern und Gärtner hätten die Grabsteine aufgestellt und die Gerüchte in die Welt gesetzt, um alle Leute von der Insel fernzuhalten. Jeder, der seinen Fuß auf die Grabsteininsel setzt, kann nämlich Blattläuse als blinde Passagiere zurückbringen."

Vorsichtig erkundigte sich Jupiter nach dem Monster.

Franziska lachte auf. „Wollt ihr mich verkohlen? Von einem Monster habe ich noch nie gehört."

Nick war inzwischen weitergeschlendert und hatte sich die Ausstellungsstücke des Museums angesehen. Sie waren nicht gerade aufregend. Ein paar Steine, die grob zu einfachen Schneidewerkzeugen geklopft waren und angeblich aus der Steinzeit stammten, einfache Messer,

Tierknochen und Waffen der Ritter, die in der Gallenburg gelebt hatten.

Vicky und Jupiter kamen ihm hinterher. In Gedanken waren die beiden noch bei der Grabsteininsel.

An einer Wand hingen viele Ölgemälde. Die meisten waren schon sehr dunkel und rissig. Man konnte auf ihnen unter anderem die alte Stadt, die Burg, den Burgherren und seine Frau sehen.

„Das gibt es nicht“, murmelte Jupiter.

„Was gibt es nicht?“ Vicky blickte ihn von der Seite fragend an.

Auf einem großen, hochkantigen Bild war ein Mann mit dämonischem Gesicht und hochmütigem Blick zu erkennen. Er trug einen langen Mantel, und neben ihm saß ein grauer, struppiger Hund. Er sah genauso aus wie der Hund von der Grabsteininsel …

Verschwunden auf der Grabsteininsel

„Versteht ihr das?“ Jupiter sah seine Freunde fragend an. Nick und Vicky schüttelten langsam den Kopf.

„Es kann niemals derselbe Hund sein!“, sagte Nick bestimmt. Er beugte sich vor und versuchte, die verblasste Schrift auf dem Schild unter dem Bild zu entziffern. „Der Typ heißt Ignatius von Nachtflamm und hat vor 250 Jahren hier gelebt.“

Vicky lachte kurz auf. „Wir sollten den Hund nach seinem Futter fragen. Wenn er wirklich schon 250 Jahre alt ist, könnten wir mit dem Rezept eine Menge Geld verdienen.“

Jupiter hörte sie nicht. Er lief durch den Saal, um Franziska zu holen. Vielleicht wusste sie mehr über diesen Ignatius von Nachtflamm.

Franziska nickte sofort aufgeregt, als Jup sie nach dem Mann fragte. „Eine geheimnisvolle Gestalt unserer Stadtgeschichte. Er soll Alchimist und Magier gewesen sein und sich vor allem der schwarzen Magie verschrieben haben. Böse Kräfte zu beschwören war seine Leidenschaft", berichtete sie mit geheimnisvoll gesenkter Stimme.

„Wo hat er gelebt?", fragte Jupiter und ahnte die Antwort schon.

„Auf der Grabsteininsel", sagte Franziska. Danach musste sie sich anderen Besuchern widmen.

Vicky hatte eine Idee. „Vielleicht ist der Hund einfach ein Nachfahre des Hundes auf dem Bild. Bestimmte Merkmale können vererbt werden. Das bedeutet, Eltern übertragen sie auf ihren Nachwuchs."

In diesem Moment klatschte Alfred, der beim Ausgang stand, in die Hände. „Tempo, Leute, wir gehen!"

Die Jungen und Mädchen atmeten erleichtert auf. Sehr aufregend war das Museum wirklich nicht.

Bevor sie den Saal verließen, drehte sich Jup noch einmal zu dem Bild um.

Ihm stockte der Atem. Der Kopf des Hundes hatte sich in den Schädel einer wilden Bestie verwandelt, die drohend die Zähne zeigte. Der Magier hatte die Hände ausgestreckt, und aus seinen Fingerspitzen zuckten Blitze.

Jupiter duckte sich aus Angst, getroffen zu werden.

„Machst du Turnübungen?", erkundigte sich Vicky.

Jup deutete stumm auf das Bild. Vicky drehte sich um und zuckte mit den Schultern. „Ja und?"

Als Jupiter noch einen zweiten Blick zurück wagte, traute er seinen Augen nicht. Das Bild sah wieder genauso aus wie vorher.

An den folgenden drei Tagen hörte der Regen nicht auf. Die Mitglieder des Gruselclubs und die anderen Mädchen und Jungen waren in der Pension Auerhahn gefangen und langweilten sich entsetzlich.

Nicht einmal in der Stube mit den ausgestopften Tierköpfen konnten sie sich mehr aufhalten. Die Besitzer der Pension bewirteten dort andere Gäste.

Jupiter, Vicky und Nick gelang es dann aber doch, sich einen kleinen Tisch in der Stube zu ergattern. Sie bestellten jeder eine Cola und ließen sich mit dem Trinken sehr viel Zeit.

„Dieses Ferienlager ist ein Albtraum. Ich

möchte am liebsten noch heute nach Hause fahren", stöhnte Nick und gähnte gelangweilt.

Vicky und Jupiter konnten ihm nur zustimmen. Das Rätsel um die Grabsteininsel war der einzige Grund, warum sie ausharren wollten.

Am Nebentisch saßen drei bärtige Männer, die nachdenklich in ihre Biergläser starrten. Immer wieder warfen sie einen Blick auf die Uhr, schoben dann den Vorhang zur Seite und sahen durch das regennasse Fenster auf die Straße.

Sie sprachen englisch, aber die drei vom Gruselclub konnten sie trotzdem ganz gut verstehen.

„Er müsste längst zurück sein. Wo bleibt er so lange?", fragten sie abwechselnd.

„Ich war immer dagegen!", erklärte der Dünnste von ihnen.

„Hör zu, Elroy, es kostet uns nichts und ist ein echter Härtetest. Das Geld, das wir sparen, wandert in unsere Tasche", sagte der Zweite, der im Nacken einen dünnen Zopf geflochten hatte.

„Die Insel ist ideal: Keiner betritt sie, das Wetter ist schlecht, die Landschaft schwierig. Für unser Baby das perfekte Übungsgelände!", meinte der Dritte, der eine kurze Bürstenfrisur und ein sehr breites Gesicht hatte. „Wir hätten sonst ein großes Grundstück anmieten müssen.

So mussten wir nur die Strandwächter bestechen, und der Rest der Kohle gehört uns."

Wie auf Kommando drehten sich Jup, Vicky und Nick zu den Männern um. „Äh … Entschuldigung … wir haben zufällig gehört, was Sie gerade gesprochen haben."

Die Männer starrten sie finster an. Ihr Zorn war nicht zu übersehen.

„Sie reden doch von der Grabsteininsel, oder?" Vicky durchbohrte die Männer förmlich mit ihrem Blick, damit sie erst gar nicht auf die Idee kamen, nach Ausflüchten zu suchen.

Die drei nahmen jeder einen Schluck Bier und wischten sich den Schaum von den Lippen. Dann sagte der mit dem Bürstenhaarschnitt leise: „Ja, aber … was sollen diese Fragen?"

„Einer Ihrer Kollegen ist auf der Insel?", forschte Jupiter weiter.

Ein kurzes Nicken war die Antwort.

„Wenn er nicht zurückgekehrt ist, dann könnte er auf das Tor gestoßen sein. Sie müssen sofort auf die Insel fahren. Ich kann Sie zu der Stelle führen, wo sich dieses Tor befindet!", bot Jup an.

Die Männer blickten einander fragend an.

„Ich war selbst auf der Insel und bin auch diesem Monster begegnet, das Sie als ‚Baby' bezeichnen", fügte Jup erklärend hinzu.

Fast gleichzeitig erhoben sich die Männer. Sie wollten sofort aufbrechen.

„Wir holen nur unsere Regenjacken!“, riefen die drei vom Gruselclub. Vor Aufregung hatte jeder von ihnen weiche Knie und ein flaues Gefühl im Bauch. Sie würden schneller auf die Insel kommen, als sie gedacht hatten.

Zum Glück war Alfred gerade damit beschäftigt, einen Streit zu schlichten. Ihm fiel nicht auf, wie die drei das Haus verließen. Sie waren überzeugt, in spätestens zwei Stunden zurück zu sein. Doch das war ein großer Irrtum.

Rückkehr auf die Grabsteininsel

Die Männer warteten auf der Straße unter dem Vordach der Pension Auerhahn. Sie hatten die Kragen aufgestellt und traten von einem Bein auf das andere.

Jupiter stellte seine Freunde und sich vor.

Die Männer taten das Gleiche. Sie hießen Elroy, David und Jason und kamen alle drei aus Kalifornien.

Gemeinsam liefen sie die Straße hinunter zum Ufer des Sees. Dort schaffte es Elroy, einen Bootsvermieter aus dem Haus zu klingeln und ihm zwei Elektroboote abzuschwatzen. Der Mann wollte nicht selbst in den Regen hinaus; er überreichte Elroy einfach die Schlüssel zu den Booten.

Nachdem sie die Abdeckplanen entfernt

hatten, kletterte der Gruselclub in das eine Boot, die Männer in das andere. Beide Besatzungen drückten den Startknopf, und die Boote setzten sich surrend in Bewegung. Langsam glitten sie auf den See hinaus.

Die Wasseroberfläche sah aus wie flüssiges Blei. Die Regentropfen klatschen unermüdlich auf den See. Wie ein grauer Vorhang hing der Regen über der Stadt und den Bergen.

Als sie die Grabsteininsel erreichten, fuhren sie am Strand entlang, bis sie auf ein Boot mit Außenbordmotor stießen. Es war an einem Baumstamm in Wassernähe festgebunden, nicht sehr weit von der Stelle, an der auch Jupiter angelegt hatte. Die Grabsteine ragten noch immer aus dem Boden.

„Das ist das Boot unseres Kollegen!", rief Elroy aufgeregt und steuerte das Elektroboot ans Ufer. Der Kies knirschte scharf, als der Kiel des Bootes darüber kratzte.

Jup, Vicky und Nick zogen sich Schuhe und Strümpfe aus und kletterten über Bord ins seichte Wasser. Sie wateten zum Strand und suchten nach einer Möglichkeit, ihr Boot zu vertäuen.

„Wir können es nur an einem Grabstein anbinden", sagte Nick und verzog das Gesicht.

„Besser, als wenn es weggespült wird", meinte Vicky.

Die Schuhe des Mannes hatten klare Abdrücke im Sand hinterlassen. Sie führten in den kahlen Wald.

Es ist fast der gleiche Weg, den ich gegangen bin, dachte Jupiter. War der Mann auf das unheimliche Tor gestoßen? War er hindurchgegangen?

Unablässig prasselte der Regen vom Himmel. Das Wasser drang durch die Regenjacken in die Klamotten der Inselbesucher. Nick begann mit den Zähnen zu klappern.

„Oh nein!", stöhnte Vicky.

Sie hatten eine Stelle erreicht, wo der Waldboden überflutet war. Knöcheltief stand hier das Wasser, und es war unmöglich festzustellen, in welche Richtung der Mann weitergegangen war.

Jupiter machte einen Vorschlag: „Wir laufen außen an der Riesenpfütze entlang. Irgendwo muss die Spur ja wieder rauskommen und weiterführen."

Der Gruselclub ging links an der Pfütze vorbei, die drei Männer rechts. Sie waren bald zwischen den schwarzen, glänzenden Baumstämmen verschwunden. Ihre Stimmen wurden vom Rauschen des Regens verschluckt.

Jupiter blieb stehen und streckte die Arme zur Seite aus, um seine Freunde aufzuhalten.

„Was ist?", wollte Vicky wissen.

Stumm deutete Jup auf den Boden. Im aufgeweichten Boden waren die Spuren des Monsters zu sehen, die in alle Richtungen zu führen schienen. Jeder einzelne Abdruck der Tatzen hatte die Größe eines Planschbeckens.

„Das ... das gibt es nicht. So ein riesiges Vieh lebt heute nicht mehr!", stammelte Nick.

„Es lebt, und ich habe es gesehen. Die Männer nennen es ‚Baby', aber es ist ... ein Ungeheuer!"

Vicky wischte sich den Regen aus dem Gesicht. „Ich bin nicht wirklich wild darauf, diesem Vieh direkt vors Maul zu laufen. Wohin ist es zuletzt gegangen? Welche Spur ist die frischeste?"

„Diese hier", sagte Jup und zeigte auf eine Spur tiefer Abdrücke, in denen das Wasser noch nicht so tief stand wie in den anderen.

Die schwarze Ruine

Jupiter formte mit den Händen einen Trichter und schrie: „Hallo, wir haben etwas gefunden. Kommt her!“

Der Ruf verhallte zwischen den Bäumen.

„Los, ruft mit!“, forderte Jup die anderen auf, und sie brüllten gemeinsam. Doch es kam keine Antwort.

„Was soll das? Die müssen uns doch hören!“, sagte Jupiter. Seine Stimme zitterte leicht.

Die drei unternahmen noch einen Versuch. Sie schrien, bis ihnen Hals und Brust wehtaten. Doch es war, als würden die kahlen schwarzen Baumriesen den Ruf schlucken und ersticken.

„Was … was tun wir jetzt?“, wollte Nick wissen.

„Wir gehen zu der Stelle zurück, wo wir uns von den dreien getrennt haben, und laufen dann auf der anderen Seite des Wassers entlang“, schlug Vicky vor.

Nick drehte sich einmal im Kreis und atmete tief durch. „Wisst ihr eigentlich noch, aus welcher Richtung wir gekommen sind?“, fragte er.

„Klar, aus der!“, sagte Jup und deutete nach links.

Vicky schüttelte den Kopf. „Irrtum, von dort!“

Nick verzog das Gesicht. „Ich bin mir sicher, wir sind von ganz woanders hergekommen.“

Ratlos sahen die drei einander an. Sie hatten sich verirrt. Völlig verirrt. Alle Bäume sahen plötzlich gleich aus. Und nicht nur das, die Baumstämme rückten auf einmal näher. Der Gruselclub fühlte sich eingekreist.

„Das gibt es nicht! Unmöglich! Das ist alles nur Einbildung!“, rief Jupiter.

„Ich … ich will weg von hier!“, sagte Nick leise. „Und zwar schnellstens.“

„So riesig ist die Grabsteininsel nicht. Wir gehen einfach geradeaus, bis wir zum Strand kommen. Dort laufen wir dann weiter, bis wir unser Boot gefunden haben!“, entschied Vicky.

Die Jungen waren einverstanden.

Sie machten die ersten Schritte und lächelten einander schwach zu. Ein eigenartiges Gefühl machte sich in allen dreien breit. Jeder spürte es, aber keiner wollte etwas sagen.

Die beiden lassen mich sofort im Stich, wenn sie sich retten können, ging es Jup durch den Kopf.

Vicky musterte ihren Bruder und ihren Cousin. *Ich wette, die beiden halten zusammen, weil sie beide Jungen sind,* dachte sie. *Wenn es darauf ankommt, vergessen sie mich einfach.*

Mich lassen sie bestimmt im Stich, weil ich jünger bin, dachte Nick ganz ähnlich. *Vicky und Jupiter sind in Wirklichkeit gemein.*

Jeder musterte die beiden anderen abschätzend. Misstrauen bohrte und wühlte in ihnen.

Während die drei noch grübelten, stand sie plötzlich vor ihnen: eine schwarze Ruine. Sie war so alt, dass die Türen und Fensterläden längst zerfallen waren.

Im Inneren aber war jemand. Die drei vom Gruselclub sahen den Schein eines Feuers über die Wände tanzen.

Jupiter kniff die Augen fest zusammen und riss sie danach wieder weit auf.

Hatte er sich verguckt? Oder bewegten sich tatsächlich Steine in den Ruinenmauern? Manche schienen die Formen wilder Fratzen zu haben – Katzenköpfe mit aufgerissenen Mäulern, Dämonen und züngelnde Schlangen.

An den erschrockenen Gesichtern der beiden anderen konnte er feststellen, dass sie dasselbe sahen.

„Tretet ein, ich habe euch schon erwartet!", ertönte eine tiefe, hohle Stimme von innen.

Nick schüttelte sofort den Kopf.

Vicky ging näher an eine der ausgebrochenen Fensteröffnungen heran und versuchte, einen Blick in das Innere der Ruine zu werfen, aus dem gespenstisches Licht nach draußen fiel. Aber sie konnte niemanden sehen.

Der Magier

„Tretet ein!“ Die Stimme klang jetzt nicht mehr einladend, sondern fordernd.

Jupiter machte einen Vorschlag: „Nick und ich gehen hinein, und du wartest draußen, Vicky. Falls wir Hilfe brauchen, kommst du.“

Vicky tippte sich an die Stirn. „Du tickst ja nicht ganz richtig. Ihr beide haut sicher ab, und ich stehe dann allein da.“

„Nein, das tun wir nicht!“, versicherte Jup.

„Ich gehe mit Jup hinein. Du bleibst draußen!“, schlug Vicky daraufhin Nick vor.

Damit war aber Nick nicht einverstanden.

Schließlich traten sie alle drei ein.

Von außen war nicht zu erkennen gewesen, wie riesig der Raum im Inneren der Ruine war. Ein Saal mit hohem Gewölbe und dicken Säulen lag vor ihnen.

Weit hinten, am anderen Ende des Raums, brannte Feuer in einem riesigen Kamin. Davor stand ein Mann, der ihnen den Rücken zuwandte. Ein langer Mantel hing von seinen Schultern.

Sehr langsam und sehr zögernd kamen die drei näher. Doch der Mann schien sie gar nicht zu bemerken.

Vicky räusperte sich.

Die Gestalt drehte sich um, und der Mantel flog in die Höhe wie die Schwingen einer Fledermaus.

Nick, Jup und Vicky wichen zurück. Sie erkannten den Mann sofort. Es war der Magier von dem Bild im Museum. Der Magier, der vor 250 Jahren gelebt hatte.

Er stand nur wenige Schritte von ihnen entfernt am Feuer und hielt ein Säckchen in den knochigen Händen.

„Ich wusste, dass ihr kommt!", sagte er und senkte zur Begrüßung den Kopf. Er war völlig kahl. Die Haut spannte sich wie Pergament über den Schädel.

„Wieso … wieso leben Sie?", platzte Jupiter heraus.

„Weil ich zurückgekehrt bin", antwortete der Mann.

„Zurückgekehrt? Von wo?"

„Ich musste lange warten, bis wieder Besucher auf meine Insel kamen. Und nun sind es gleich so viele. Welche Freude für mich und meine Freunde!", erklärte Ignatius von Nachtflamm.

Langsam ließ er die Hand in das Säckchen gleiten, holte ein grünliches Pulver heraus und warf es in die Flammen. Eine Stichflamme schoss in die Höhe, und süßlich-faulig duftender Rauch breitete sich aus.

Jupiter hielt sich den Ärmel vor die Nase, um den Geruch nicht einatmen zu müssen. „Also ich verschwinde von hier", sagte er leise.

„Du willst uns also im Stich lassen!", fuhr ihn Vicky an.

„Nein, wie kommst du darauf?" Jupiter sah sie verwundert an. Auf seiner Stirn bildete sich eine dicke Falte. „Du willst wohl, dass ich hierbleibe und diesem Scharlatan in die Hände falle? Damit ihr euch in Sicherheit bringen könnt!"

Vicky schüttelte empört den Kopf.

Beiden entging, wie ein grausames, triumphierendes Lächeln über das vertrocknete Gesicht des Magiers huschte.

„Wollt ihr nicht wissen, was es mit dem Tor in der Mitte der Insel auf sich hat?", fragte er.

Doch, das interessierte Jupiter sehr.

„So kommt mit! Ich werde es euch zeigen, denn ich weiß, ihr werdet Stillschweigen bewahren!“ Der Magier riss den Rand seines Mantels in die Höhe. Dabei entstand ein Geräusch, als würde eine Sturmbö durch den Raum fegen.

Jupiter und Vicky gingen schnell los, um vor ihm draußen zu sein. Nick aber starrte den Mann fassungslos an. Durch die Haut seiner Hände sah er Knochen schimmern, und um seine Beine loderten Flammen.

Nick stürzte den beiden anderen hinterher und riss seine Schwester an der Jacke.

„Vicky ... der Mann ... der Mann“, stotterte er aufgebracht. „Komm zurück, schau dir das an!“

Vicky schüttelte ihn ab und knurrte: „Kleiner, lass mich mit deinem Gequengel in Frieden. Willst wohl nur, dass ich in dieser Bruchbude bleibe und du mit Jup abhauen kannst.“

„Nein, der Magier ...!“

Hinter ihm war wieder das Brausen der Sturmbö zu hören. Der Mantel flatterte von oben auf Nick herab und legte sich über ihn. Nick wollte sich aus dem staubigen Stoff befreien, der sich wie dicke Spinnweben anfühlte. Er schlug dagegen, doch der Mantel schien immer größer zu werden. Nick berührte den Körper des Magiers und hörte ein trockenes Knacken, als hätte er auf einen Haufen altes Laub geklopft.

Weil er keinen anderen Ausweg wusste, ließ er sich auf die Knie sinken und kroch unter dem Saum des Mantels hervor. Sein ganzer Körper war mit einer grauen Staubschicht überzogen, die sich mit dem Regen zu einem klebrigen Brei verband.

Nick versuchte hastig, das graue Zeug abzuwischen, doch es klebte fest.

Hektisch sah er sich um. Ignatius von Nachtflamm, seine Schwester und Jup waren schon weit voraus. Nick verstand überhaupt nicht, wie sie schon einen so großen Vorsprung haben konnten.

„Wartet auf mich!“, rief er, sprang auf und rannte ihnen hinterher.

Die dunklen Baumstämme vor ihm bildeten plötzlich eine Allee. Vom anderen Ende näherten sich drei Gestalten.

Nick hatte Vicky und Jupiter endlich eingeholt und deutete auf die drei. „Das sind doch Elroy und die anderen!“

Jupiter winkte ihnen zu.

Sofort winkten die drei Männer zurück.

Vicky atmete erleichtert auf. „Sie sind es! Wir haben sie endlich gefunden.“

Mit großen Schritten stürmten sie hinter Ignatius her und auf die Männer zu. Doch dann blieb Jupiter überraschend stehen und hielt seine Freunde zurück. „Nein, das sind nicht Elroy, David und Jason!“

Zerberus

Jupiter wollte keinen Schritt weitergehen. *Zurück! Weg! Abhauen!* Das waren seine einzigen Gedanken.

„Wir … wir müssen fort!“, raunte er seinen Freunden zu.

Vicky funkelte ihn böse an. „Damit du uns in eine Falle locken und selbst entkommen kannst, nicht wahr?“

„Du spinnst ja!“, fauchte sie Jupiter an.

„Ihr … ihr wollt mich fertigmachen, ich weiß es genau!“, rief Nick dazwischen.

In Jupiter stieg ein fürchterlicher Verdacht auf: „Nein, ihr habt euch gegen mich verschworen.“

Ignatius stand daneben, hatte die Arme vor der Brust verschränkt und blickte die drei von oben teuflisch grinsend an.

Die drei Männer waren nun so nahe, dass der Gruselclub sie erkennen konnte. Es waren tatsächlich nicht Elroy, David und Jason, sondern drei alte Männer. Ihre Gesichtsfarbe war gelbgrau, die Augen waren tot und leer, die Haut schien sich wie Papier über die Skelette zu spannen. Irgendwie erinnerten sie an wandelnde Mumien.

„Ich grüße euch, Magier!", sagte Ignatius und hob die Hand.

„Wir grüßen dich, höchster Magier!", antworteten die drei. „So ist es nach all den Jahren doch noch geschehen, wie du es einst vorhergesagt hast."

„Was? Was ist geschehen?", schrie Jupiter aufgebracht.

Die Männer schienen ihn gar nicht zu hören.

„Drei weitere werden noch an diesem Tag, mit neuer Lebensenergie versehen, zurückkehren, sodass wir unseren Plan endlich umsetzen können!", verkündete Ignatius und riss die Arme in die Höhe. „Die Vereinigung des Bösen dieser Welt! So kann die schwarze Macht von der Erde Besitz ergreifen und alle Menschen ins Verderben stürzen", fügte einer der gruseligen Männer hinzu.

Vicky tippte sich an die Stirn. „Bei denen ... sind ein paar Schrauben locker."

„Wir müssen weg! Kapiert ihr das endlich?", brüllte Jupiter.

Ignatius griff in die Tasche seines Umhangs und schleuderte das grünliche Pulver in ihre Richtung.

Das Pulver. Der Rauch. Der Duft. Jup verstand plötzlich. Auf diese Weise wurden ihre Gedanken vernebelt! Deshalb waren sie auf einmal so misstrauisch und argwöhnisch!

„Wischt euch das Zeug ab!", rief er Vicky und Nick zu.

Doch das mussten sie gar nicht. Der Regen spülte es ohnehin von ihnen ab.

„Und jetzt kommt! Bitte, vertraut mir!", flehte Jup und drehte sich um.

Das Blut stockte ihm in den Adern.

Hinter ihm hockte der Hund. Der Körper war noch immer klein, grau und struppig, doch der Kopf hatte sich völlig verändert.

Die Augen quollen wie blutunterlaufene Tennisbälle aus den Höhlen. Das Maul war riesig und hatte mindestens viermal so viele Zähne wie vorher.

Ignatius' Gesicht schien wie versteinert zu sein. „Ihr werdet mitkommen!", sagte er eisig.

„Nein!", erwiderte Jupiter trotzig.

Schon war der Hund dicht hinter ihm. Sein Atem war nicht heiß und feucht, sondern eiskalt.

So kalt, dass Jups nasse Hose sofort an der Stelle gefror, wo der Hund ihn anhauchte.

„Mein treuer Zerberus", sagte Ignatius teuflisch lächelnd. „Seit meinem Tod ist er der Hüter der Insel."

„Tod? Sie sind eigentlich tot?", fragte Vicky mit zitternder Stimme.

Ignatius hob eine Augenbraue und nickte.

„Und der Hund ist tatsächlich 250 Jahre alt?" Nick konnte es nicht fassen.

„Er war der Erste, den ich von der anderen Seite des Tores zurückgeholt habe. Seit damals ist es seine Aufgabe, Menschen auf die Insel zu bringen und zum Tor zu führen. So wie jetzt gleich euch!" Der Magier machte eine weit ausholende Handbewegung, und der Hund ließ ein tiefes Knurren hören. „Er wusste, dass du zurückkehren und auch noch andere mitbringen wirst", sagte Ignatius zu Jup. „Doch jetzt ist keine Zeit mehr zu verlieren!"

Die Männer wichen zur Seite, und der Hund kam langsam näher. Ein tiefes Knurren drang aus seiner Kehle. Der eisige Atem traf Vicky, Jup und Nick wie ein Faustschlag.

Sie hatten keine andere Wahl. Sie mussten die Allee weitergehen. An Flucht war nicht zu denken. Auf jeder Seite marschierten zwei Magier, hinter ihnen der Hund.

Schließlich traten sie auf den Platz hinaus, auf dem sich der silberfarbene Torbogen erhob. Wie die Rippen eines Wals ragten die beiden Hälften vor ihnen auf. Dort, wo die Regentropfen aufschlugen, bildeten sich kleine Kreise im flüssigen Metall.

Vicky schüttelte fassungslos den Kopf. „Das ... das besteht ja wirklich aus ... Quecksilber!"

Ignatius nickte.

„Was ... was sollen wir hier? Was haben Sie mit uns vor?", verlangte Jupiter zu erfahren. Doch er kannte die Antwort schon. Der Gedanke daran ließ ihn erschauern.

„Weiter!", trieb der Magier die drei vom Gruselclub an.

Das Tor hatte schräg zu ihnen gestanden, drehte sich nun aber von allein in ihre Richtung. Wieder setzte der tiefe, dröhnende Orgelton ein. Auf der anderen Seite des Tores tauchte ein kleiner schwarzer Punkt auf, aus dem schwarze Gewitterwolken quollen. Sie brodelten und kochten.

Nicks Blick wanderte immer wieder vom Inneren des Tores nach außen. Während sich hinter dem Torbogen das Unwetter zusammenbraute, war rechts und links daneben nichts davon zu bemerken.

Der tiefe, brummende Ton schwoll an, und die Gewitterwolken begannen, sich zu formen.

Jupiter griff nach den Händen seiner Freunde. Alle drei erstarrten, als sie sahen, wer sie hinter dem Tor erwartete: Elroy, David, Jason und noch ein weiterer Mann, wahrscheinlich ihr vermisster Freund…

Das Geheimnis des Tores

„Aber … aber … wie kommen die vier … dorthin?“, stotterte Jupiter.

Ignatius von Nachtflamm machte ein geheimnisvolles Gesicht. „Schreitet durch das Tor, dann werdet ihr es erfahren.“

Vicky, Jupiter und Nick schüttelten den Kopf. „Nein, das werden wir nicht tun. Niemals!“

Die eben noch geheimnisvolle Miene des Zauberers wurde plötzlich wütend.

„Geht endlich!“, schrie er. „Sie wollen nicht länger warten.“

„Sie? Wen meinen Sie damit?“, wollte Vicky wissen.

„Unsere Freunde und Brüder!“, hauchte einer der anderen Männer. Seine Stimme klang wie das Rascheln von altem, brüchigem Papier.

„Sie sind gestorben und wurden heimlich bei Nacht auf meine Insel gebracht. Hier habe ich das Tor errichtet, durch das sie und ich zurückkehren können. Doch dies ist nur möglich, wenn ein lebendiges Wesen das Tor durchschreitet. Für jeden Lebendigen kann einer meiner Freunde in diese Welt zurückkehren!", erklärte Ignatius.

„Und die Lebendigen bleiben auf der anderen Seite des Tores gefangen!", schrie Vicky entsetzt.

Ignatius von Nachtflamm blickte sie mit halb geschlossenen Lidern an und flötete spöttisch: „Wie klug du doch bist, kleines Mädchen."

„Wir gehen nicht!", wiederholten die drei vom Gruselclub.

Ignatius zeigte mit den langen, knochigen Fingern auf sie und schrie schrill: „Packt sie und stoßt sie durch das Tor!"

Die Magier stürzten sich auf Jup, Vicky und Nick. Trockene, eiskalte Finger griffen nach ihnen und drückten sich tief in ihre Haut.

Die drei waren vor Schreck wie erstarrt und wehrlos. Ihre Körper wurden im Griff der Magier steif. Sie ließen sich zum Tor schleifen, wo sich ihnen gierig die körperlosen Hände der Geister entgegenstreckten.

Unter Jups Schuh knirschte etwas. Es war groß und fest. Er blickte zu Boden und zog zischend die Luft ein. Vor ihm lag die herabgefallene Totenglocke.

Vielleicht konnte er damit etwas tun, um sich und seine Freunde zu retten?

Der Austausch

„Gebt den Widerstand auf, er ist zwecklos!", riet ihnen Ignatius.

Von der anderen Seite des Tores kamen die Schreie von Elroy und seinen Kameraden. Sie klangen, als wären sie kilometerweit entfernt. Ihre Verzweiflung und Angst waren aber nicht zu überhören.

„Holt uns raus! Helft uns! Bitte!", flehten sie. „Der Hund hat uns durch das Tor gehetzt. Wir können nicht zurück. Helft uns!"

Die Magier hatten den Gruselclub schon fast bis zum Tor geschleift. Ihre Arme und Beine knackten und knisterten bei jeder Bewegung. Ihre Körper schienen fast schwerelos zu sein, doch ihre Kräfte waren groß.

Jupiter tat so, als würde er stolpern, und ließ sich zu Boden fallen. Der Magier, der ihn gehalten hatte, fluchte und stieß ihn mit dem Fuß weiter.

Jups Finger zitterten, als er nach der Glocke griff. Noch immer lag sie auf dem Boden, wie vor drei Tagen, als das Tor eingestürzt war. Jupiter erinnerte sich genau an die hypnotische Kraft der Glocke, die ihn wie eine Fernsteuerung zum Tor gelenkt hatte.

„Haltet euch die Ohren zu", zischte er seinen Freunden zu.

„Wie … was?" Vicky und Nick fiel es schwer, klar zu denken. Jupiter wiederholte, was er gesagt hatte, und endlich hoben seine Freunde die Hände und pressten sie auf die Ohren.

Jupiter begann, die Totenglocke zu schütteln, und ihr Klingeln hallte durch den Regen.

Die Magier bäumten sich auf, als wären sie auf glühende Kohlen getreten.

Jups Fingerknöchel traten weiß hervor, so fest hielt er die Glocke umklammert. Immer wieder schwang er sie kraftvoll auf und ab. Der Klöppel schlug im Inneren gegen die Metallwand und erzeugte hohe Töne, die durch Mark und Bein gingen.

Vicky und Nick blieben verschont. Über Jupiter hatte die Totenglocke auch keine Macht. Wahrscheinlich lag es daran, dass er selbst es war, der sie läutete.

Seine Arme begannen zu schmerzen, wie beim Sporttraining in der letzten Runde, doch Jupiter hörte nicht auf.

Endlich begannen die Töne der Glocke zu wirken. Die Magier bewegten sich nach den Schlägen. Bei jedem Klang machten sie einen steifen, roboterhaften Schritt nach vorn.

Jupiter schüttelte den Magier ab, der ihn gehalten hatte, und lief zum Tor. Er stellte sich daneben auf und läutete unermüdlich weiter.

Wie ferngesteuerte Roboter wankten die Magier auf das Tor zu. Die Abscheu und Wut in ihren vertrockneten Gesichtern war nicht zu übersehen. Sie wollten sich am Torbogen festhalten, doch das flüssige Quecksilber rann durch ihre Finger wie Wasser.

Der erste Magier hatte das Tor durchschritten und wurde von den schwarzen Wolken umhüllt. Im nächsten Augenblick wurde dafür Elroy von der anderen Seite herausgestoßen, als hätte ihm jemand einen kräftigen Fußtritt verpasst.

Auch die anderen Magier verschwanden im Tor. Der letzte war Ignatius. Dafür kehrten David, Jason und ihr vermisster Freund zurück.

Jupiter rief Nick zu: „Los, zeig, wie gut du im Schlagballwerfen bist!“, und schleuderte ihm die Glocke zu.

Nick fing sie auf, holte weit nach hinten aus und beförderte sie kraftvoll durch den Torbogen.

Ein Schrei gellte über die Insel.

Die grauen Gesichter der Magier verwandelten sich in Rauch, der im schwarzen Strudel verschwand. Auch das Tor blieb nicht stehen, sondern wurde von dem Zyklon eingesaugt. Das flüssige Metall flog wirbelnd in das schwarze Loch, das sich am Ende selbst verschluckte und verschwand.

Es gab noch ein Geräusch, als würde der letzte Rest des Badewassers ablaufen, dann breitete sich auf der Insel eine gespenstische Stille aus.

Einige Minuten lang standen die drei vom Gruselclub und die Männer nur da und starrten auf die Stelle, wo sich das Tor befunden hatte.

„Der Regen … er hat aufgehört!“, bemerkte Nick.

Über ihnen rissen die Wolken auf, und die Nachmittagssonne kam hervor.

„Ich glaube, wir gehen jetzt besser“, meinte Jupiter. „Alfred flippt bestimmt schon aus, weil wir so lange fort sind.“

Die Männer standen noch immer unter Schock. Sie konnten einfach nicht fassen, was sie soeben erlebt hatten.

„Los, kommt!“, rief Jupiter und gab seinen Freunden ein Zeichen. Sie liefen los und hatten den Strand bald erreicht. Die Boote lagen noch immer dort, wo sie zurückgelassen worden waren. Das Seil, mit dem der Gruselclub sein Elektroboot an einem Grabstein angebunden hatte, lag lose auf dem Sand. An der Stelle, wo sich der Stein befunden hatte, klaffte ein Loch.

„Ob der Spuk nun für immer vorbei ist?", fragte Vicky.

Die Jungen zuckten mit den Schultern.

Hinter ihnen donnerte etwas im Wald. Gleich darauf wieder. Dann wieder und wieder und wieder. Das Donnern kam näher und ließ den Boden erzittern.

„Das Monster … das ist auch noch da!", fiel Jupiter ein.

Schwarze Baumstämme wurden geknickt wie Zahnstocher. Mit lautem Gebrüll brach das Ungeheuer aus dem Wald hervor.

Hinter ihm folgten keuchend und schreiend die vier Männer. Der eine, der vorher allein zur Insel gefahren war, holte ein Kästchen aus dem Motorboot und begann fieberhaft, daran zu hantieren.

Das Ungeheuer beugte sich vor, legte den Kopf schief und riss sein Maul auf. Nick wollte ausweichen, stolperte dabei aber, stürzte und kam nicht hoch. Das Ungeheuer stülpte sein Maul über ihn und verschlang ihn.

Baby will ein Küsschen

Vicky wurde käseweiß im Gesicht.

„Nick!“, schrie sie verzweifelt.

„Nicht näher herangehen … nicht … der Regen … er ist schuld!“, rief ihr einer der Männer zu.

Der Mann mit dem Kästchen hieb in Tasten und schlug auf Knöpfe.

Aus dem Maul des Monsters ragte Nicks Bein. Es strampelte.

„Geschafft!“, rief der Mann mit dem Kästchen.

Das Maul klappte auf, und Nick rollte heraus.

Das Ungeheuer blieb nach vorn gebeugt regungslos stehen.

„Was … wie … ich verstehe das nicht!“, keuchte Jupiter.

Die Erklärung kam sofort. Das Monster war eine ferngesteuerte Puppe, die auf der abgeschiedenen Insel getestet worden war.

Jup grinste breit. „Und bleibt Ihr ‚Baby' weiter hier?"

Die Männer verneinten. „Wir müssen es dringend zum Festland bringen. Es hat den Test bestanden und kommt jetzt zum Einsatz im Vergnügungspark."

Jupiter dankte dem Untier, das ihm bei seinem ersten Besuch auf der Grabsteininsel davor bewahrt hatte, am Torbogen weiterzugehen. Und weil er sich eine kleine Belohnung wirklich verdient hatte, bat er die Männer um einen Gefallen.

Am nächsten Tag schien die Sonne und trocknete die Pfützen. Die Feriengruppe machte wieder einen Ausflug an den See.

Vicky, Nick und Jupiter standen am Ufer und blickten zur Grabsteininsel hinüber. Natürlich hatten sie keiner Menschenseele von ihren Erlebnissen erzählt. Niemand hätte ihnen geglaubt.

Oliver und Nicole traten neben sie und taten so, als könnten sie etwas auf der Insel sehen. Mit gespieltem Entsetzen riefen sie: „Buhuhu, wie fürchterlich, dort winkt ein Skelett. Aber der

Gruselclub wird es bestimmt gleich fangen. Wir brauchen uns nicht zu fürchten."

Es gab viel Gelächter bei den anderen.

„Haltet die Klappe", riet Vicky den beiden.

„Sonst rufen wir unser Haustier!", drohte Nick.

Nicole und Oliver bogen sich vor Lachen. „Euer Haustier? Was soll das sein? Ein Geisterhamster? Oder eine Spukmaus?"

„Ihr habt es nicht anders gewollt", sagte Jupiter lässig. Er steckte die Zeigefinger in den Mund und stieß einen gellenden Pfiff aus.

„Und, was geschieht jetzt? Muss ich mich nun fürchten?", fragte Oliver spöttisch.

In diesem Moment fiel ein langer Schatten auf ihn. Irgendetwas stand zwischen ihm und der Sonne.

Oliver und Nicole hoben die Köpfe.

Stille.

Ihnen hatte es die Sprache verschlagen.

Nun sahen auch die anderen, was da gekommen war.

Weiterhin Stille.

Dann begannen alle, fast gleichzeitig zu schreien.

Ein Monster, so groß wie ein T-Rex, war aufgetaucht. Der riesige Schädel sauste herunter und blieb nur Millimeter vor der geschockten

Nicole stehen. Das Ungeheuer riss das riesige Maul auf. Doch statt zu brüllen, hauchte es bittend: „Küsschen, Küsschen!"

„Baby mag dich. Gib ihm ein Küsschen!", sagte Jupiter cool.

Mit hochrotem Kopf ergriffen Oliver und Nicole die Flucht.

Die drei vom Gruselclub drehten sich nach hinten um und streckten den Daumen in die Höhe. An einer Hauswand standen die Männer und grinsten.

Das Monster aber wurde gleich darauf auf einen Wagen verladen und in den Vergnügungspark gebracht, wo es von nun an die Besucher erschrecken sollte. Die Probe hatte es wirklich gut bestanden.

Auf dem Heimweg schüttelten sich die drei vom Gruselclub noch immer vor Lachen. Keiner von ihnen bemerkte, dass ihnen jemand im Schatten der Uferpromenade hinterherschlich. Der kleine, struppige Hund ließ sie nicht aus den Augen. Er legte den Kopf auf die Seite und kläffte leise.

DAS VERSTECK DES LETZTEN WERWOLFS

Die Verfolgung

Es war heiß, so schrecklich heiß. Obwohl die Sonne schon vor Stunden untergegangen war und die Zeiger der Uhr bereits auf elf standen, war es schwül wie zur Mittagszeit.

Jupiter lag ausgestreckt auf der Bettdecke und seufzte immer wieder. Er konnte nicht schlafen. Eine ganze Stunde lang hatte er sich bereits von einer Seite auf die andere gewälzt, jetzt war es genug.

Vom Fenster kam ein fragendes Krächzen. Jupiter richtete sich auf und sah seine Krähe auf dem Fensterbrett sitzen.

„Kannst wohl auch nicht schlafen, was?“, flüsterte er Kox zu.

Die zahme Krähe legte den Kopf zur Seite, als wollte sie Jup zuhören. Irgendwie sah sie in dieser Pose immer besonders intelligent aus.

Jupiter hatte die Krähe vor zwei Jahren im Schnee gefunden. Sie war am Flügel verletzt gewesen, und Jup war es gelungen, sie gesund zu pflegen.

Bald hatte sich gezeigt, dass es sich um keine gewöhnliche Krähe handelte. Kox war zahm, hatte großes Talent beim Nachmachen von Stimmen und Geräuschen und außerdem einen sechsten Sinn für Übersinnliches.

Nachdem die Krähe wieder gesund war, wollte sie trotzdem nicht fort. Sie blieb bei Jup und begleitete ihn seitdem sogar, wenn er verreiste. So war Kox in einem Korb nach Lilienstadt mitgekommen, wo Jupiter ein paar Tage bei seiner Tante Ilona verbringen musste.

Mit heiserem Krächzen schwang sich die Krähe in die Nacht hinaus.

„Gute Idee, ich komme mit“, murmelte Jupiter und stieg aus dem Bett. Er zog sich ein T-Shirt und seine Leinenshorts an und schlüpfte in ausgelatschte Sportschuhe. Um seine Tante nicht zu wecken, kletterte er aus dem Fenster in den Garten.

Draußen war es wenigstens ein bisschen kühler als im Haus.

Über einem nahen Hügel erhob sich langsam der Mond. Er war noch nicht voll, aber in wenigen Tagen würde es so weit sein. Das bleiche Mondlicht ließ die nächtlichen Wiesen und den Wald silbern glänzen.

Zielsicher und mit lautem Krächzen segelte Kox auf die hohen Tannen zu. Als Jupiter nicht sofort nachkam, kehrte der Vogel zurück und landete auf seiner Schulter. Er stieß Jups Kopf mit dem Schnabel an und zupfte ihn ungeduldig am Ohr.

„Du willst mir was zeigen, was?"

Kox startete erneut und flatterte zum Zaun einer alten Villa in der Nachbarschaft von Tante Ilonas Haus. Dort wartete er, bis Jup nachgekommen war, und flog dann wieder ein Stück weiter. Auf diese Weise führte er ihn zum Waldrand. Gleich hinter den ersten Bäumen wurde es stockfinster.

„Hier kann ich nicht weiter, Kox", rief Jupiter leise.

Die Krähe blieb still, kam aber wieder auf seine Schulter geflogen und blickte in den Wald hinein.

Ein Licht. Dort bewegte sich ein Licht. Es schwang auf und ab und verschwand dann wieder zwischen den dicken Stämmen der uralten Bäume.

Als Jupiter sich nicht sofort in Bewegung setzte, zwickte ihn Kox abermals kräftig ins Ohr.

Der Waldboden war von einem weichen Teppich aus abgefallenen Nadeln und Grünzeug bedeckt, auf dem sich gut laufen ließ. Herabgefallene Äste oder Dornengestrüpp schien es hier nicht zu geben.

Jup schaffte es, das Licht nicht aus den Augen zu verlieren. Er achtete aber darauf, ihm nicht zu nahe zu kommen. Erst musste er herausfinden, wer da überhaupt durch den nächtlichen Wald stapfte.

Bald geriet Jupiter ins Schwitzen. Der Unbekannte war schnell unterwegs und schien sein Ziel noch lange nicht erreicht zu haben.

Nach einer Weile führte der Weg aus dem Wald heraus und auf eine weite Wiese. Das Gras reichte Jup fast bis zum Bauch.

Im Mondlicht erkannte er nun den Schatten eines Mannes. Er war mindestens zwei Köpfe größer als Jupiter und wirkte kräftig. Leicht gebückt ging er mit seiner Taschenlampe dahin.

„Was ist mit dem?“, fragte Jupiter seine Krähe, bekam aber keine Antwort. Also setzte er die Verfolgung fort.

Am Ende der Wiese erhob sich ein steiler Hügel, auf dessen Gipfel eine Ruine aufragte. Das verfallene Gemäuer erinnerte an einen faulen Zahn.

Als der Mann den schmalen, gewundenen Weg nach oben hastete, bemerkte Jupiter die Tasche, die er trug. Sie war groß, schien aber nicht sehr schwer zu sein.

Jup wartete am Fuße des Hügels, bis der Mann oben angelangt war. Erst als er in der Ruine verschwunden war, rannte er ihm nach. Völlig außer Atem kam er an und lehnte sich gegen die kantigen Steine.

Durch ein Loch in der Mauer, das früher einmal ein Fenster gewesen sein musste, konnte er in einen kleinen Hof blicken.

Der Mann hatte in einer Schale Feuer angezündet. Gelblicher Rauch stieg aus ihr auf. Der orangerote Schein der Flamme ließ schaurige Schatten über die Wände tanzen.

Mit ausholenden, fast schon beschwörenden Bewegungen öffnete der Mann die Tasche. Er hatte Jupiter den Rücken zugekehrt, sodass dieser noch immer nicht mehr von ihm sehen konnte.

Dafür erkannte er umso besser, was der Mann aus der Tasche zog.

Jupiter riss die Augen auf und rang nach Luft. Es waren ein Wolfsfell und ein Wolfsschädel.

Das Heulen

Der Gestank von faulem Fleisch, Moder und feuchter Erde wehte Jupiter an. Er musste sich die Hand vor Mund und Nase pressen, um ein Husten zu unterdrücken. Sein Magen rebellierte, und er spürte ein Würgen im Hals.

Schnell drehte er sich vom Mauerloch weg und ging in die Hocke. Bis hierher drang der Geruch nicht. Gierig sog Jup die warme Nachtluft ein.

Danach aber richtete er sich wieder auf und spähte über den Rand der Öffnung.

In der Zwischenzeit hatte der Mann sein Hemd ausgezogen. Mit nacktem Oberkörper stand er da und hob das Wolfsfell langsam in die Höhe. Er streckte es zum Himmel, als wollte er es dem Mond schenken.

Ein gleißender silberner Schimmer ging von den glänzenden Wolfshaaren aus und warf ein schwaches Licht auf den Innenhof.

Der Mann legte das Fell wieder auf den Boden und hob nun den Schädel. Auch diesen hielt er mit ausgestreckten Armen über seinen Kopf. Jup hörte ihn eine Beschwörungsformel murmeln. Seine Stimme war tief und dunkel, die Worte klangen drohend.

Die Augen des Wolfsschädels begannen zu leuchten, und ein lang gezogenes Heulen schallte durch die Nacht. Mit einem Schlag verstummte das Zirpen der Grillen.

Jupiter musste sich wieder setzen. Wo war er hineingeraten? Was machte dieser Mann da? Und wo war Kox? Die Krähe schien sich aus dem Staub gemacht zu haben.

Na großartig, dachte Jup grimmig. *Zuerst bringst du mich auf diese Spur, und dann lässt du mich im Stich.*

Er musste mehr über den Mann mit dem Wolfsfell herausfinden. Nachdem er ein paarmal tief durchgeatmet hatte, richtete er sich langsam wieder auf, bis er über die Mauerkante spähen konnte.

Aus seinem Hals kam ein erstickter Schrei. Er

taumelte zurück und hatte Mühe, das Gleichgewicht zu halten.

Von der anderen Seite glotzten ihn die Augen des Wolfes an. Sie waren blutunterlaufen und feucht und bewegten sich.

Weg, nur weg! Das war Jupiters einziger Gedanke. Er drehte sich um und stolperte davon.

Hinter sich hörte er knirschende Schritte. Er wagte aber nicht, sich umzudrehen.

Im Mondlicht schimmerte der geschotterte Weg, der sich in engen Kurven den Hügel hinabzog. Jupiter konnte ihm leicht folgen. Seine Beine schienen von allein zu laufen.

Sein Verfolger war dicht hinter ihm. Schwer schlugen seine Schuhe auf und erzeugten ein lautes Knallen.

Jup lief, so schnell er konnte, und wagte nicht, einen Blick nach hinten zu werfen.

Er hörte schweres Atmen und Keuchen, das immer näher kam.

Endlich hatte Jupiter den Fuß des Hügels erreicht. Er stolperte in die Wiese und kämpfte sich durch das hohe Gras.

Vielleicht kann ich den Verfolger abhängen, wenn ich mich ducke, schoss es ihm durch den Kopf. An einer Stelle, an der das Gras besonders hoch stand, warf er sich zu Boden. Auf allen vieren robbte er ein Stück weiter und blieb dann regungslos liegen.

Sein Herz hämmerte, sein Atem ging keuchend. Er versuchte, die Luft anzuhalten und zu lauschen, ob der Mann noch hinter ihm her war.

Die Grillen hatten ihr Zirpkonzert wieder aufgenommen. Eine leichte Brise strich über die Halme und verwandelte sie in ein wogendes Grasmeer.

Minuten verstrichen. Rund um Jupiter blieb es völlig still.

Schwarze Stille

„Ich versuche es“, flüsterte Jup.

Eine Wolke schob sich vor den Mond, und auf der Wiese wurde es stockfinster.

Auch das noch!

Vielleicht ist die Gelegenheit aber auch besonders günstig, dachte Jupiter. Ganz langsam richtete er sich auf und drehte den Kopf. Bewegte sich da etwas? Hörte er ein Rascheln oder Knacken?

Eine Brise ließ das Gras schwanken. Die Halme schienen dabei zu flüstern.

Jup wusste, in welche Richtung er gehen musste. Er stand auf und stapfte los. Hauptsache, der Abstand zwischen ihm und dem Mann wurde größer.

Hatte der die Verfolgung vielleicht schon aufgegeben?

Hoffentlich. Hoffentlich.

So schnell wie möglich tappte Jup durch die Dunkelheit. Da hörte er einen Flügelschlag über sich.

Flap-flap-flap-flap.

Kox war zurückgekommen.

Ein heftiger Windstoß wühlte sich durch das Gras. Jupiter sprang erschrocken in die Höhe. Die langen Halme kratzten über seine nackten Beine. Er hatte das Gefühl, als würden sie ihn mit Tausenden winzigen Mäulern beißen.

Der Mond kam wieder hinter der Wolke hervor, und sein bleiches Licht fiel auf die Landschaft.

Groooooaaaa! Direkt vor Jupiter schoss ein dunkler Schatten in die Höhe. Ein dickes Tuch wurde über ihn geworfen. Es war klebrig und feucht und verströmte den Gestank von fauligem Fleisch und nassem Fell.

Voller Ekel riss sich Jup die verfilzte Decke vom Kopf und schleuderte sie so weit wie möglich fort. Er schüttelte sich vor Abscheu und rang nach Luft. Der Gestank ging ihm aber nicht aus der Nase und ließ seine Augen tränen. Er sah alles verschwommen, wie unter Wasser.

Wo war der Mann?

War es überhaupt der Mann gewesen?

Jup drehte sich suchend im Kreis.

Aus der Dunkelheit kam eine kräftige Hand angesaust und packte ihn an der Schulter. Er versuchte sich loszureißen, schlug um sich, trat nach allen Seiten, traf aber nicht. Der Griff wurde nicht gelockert.

Etwas wurde Jup wie eine Maske auf das Gesicht gedrückt.

Der Wolfsschädel! *Das ist der heulende Wolfsschädel mit den blutunterlaufenen Augen!*, schoss es ihm durch den Kopf. Er fasste nach vorn, spürte aber weder eine Schnauze noch Haare oder ein Maul. Stattdessen ertasteten seine Finger kühles Metall.

Der Geruch von verbrannten Kräutern stieg ihm aus der Schale in die Nase und benebelte ihn. Die Kraft wich aus seinen Armen und Beinen. Seine Knie fühlten sich an, als wären sie aus Gummi.

Dann wurde es schwarz und still um ihn.

Aus weiter Ferne drang ein unangenehmes Gefühl zu ihm durch. Es war ein Stechen, als würde jemand sein Ohr mit einer Nadel bearbeiten.

Jup schüttelte den Kopf. Er vermutete eine Mücke am Ohr und wollte sie vertreiben. Doch sie blieb und machte weiter.

Stöhnend richtete sich Jupiter auf. Er lag auf dem Bauch und spürte, wie etwas von seinem Rücken fiel.

Ein empörtes Krächzen ertönte.

„Kox?", flüsterte Jup.

Die Krähe kam zu ihm getrippelt und stieß ihn aufmunternd mit dem Schnabel an. Kox hatte also auf ihm gesessen und an seinem Ohr gezupft.

Aber wo war er?

Aus der Dunkelheit tauchten die Umrisse eines Schrankes und eines Fensters auf. Hinter ihm befand sich ein altmodisches Bett mit wuchtigem Kopfteil.

Er war im Gästezimmer von Tante Ilona.

Aber warum lag er auf dem Boden?

Jup hatte ein leeres Gefühl im Kopf. Es war, als hätte jemand seine Erinnerungen ausradiert.

Wie in einem dicken Nebel sah er immer wieder einen Wolfskopf vor sich. Er gehörte zu einem Wesen, das halb Mensch, halb Tier war.

Ein Wolfsmann. Ein Werwolf.

Hatte er ihn tatsächlich gesehen? Oder war es nur ein Albtraum gewesen?

Jupiter klopfte sich ab und stellte fest, dass er T-Shirt und Shorts trug und noch einen Schuh anhatte. Er war also noch einmal aufgestanden und weggegangen.

Es fiel ihm aber nicht ein, wohin. Wo war er nur gewesen? Und wer hatte ihn zurückgebracht? Wo war der andere Schuh? Was war Jup unterwegs passiert?

Noch immer war die Nacht schwül und stickig. Er schwitzte und wischte sich mit der Hand über das Gesicht.

Igitt. Was war das da an seinen Wangen? Er roch an dem Zeug und musste husten. Der Gestank war unerträglich.

Jup knipste das Licht an und betrachtete seine Finger unter der Nachttischlampe. Eine braungrüne Masse klebte daran.

„Wo war ich nur? Was ist nur geschehen?", fragte er sich immer wieder.

Schreck am Morgen

In seiner Nase hatte Jupiter noch immer den Geruch von verbrannten Kräutern. Er schnäuzte sich kräftig, um ihn loszuwerden. Irgendwie schien ihn dieser Duft müde und leer zu machen.

Betäubt … ich bin betäubt worden, schoss es ihm durch den Kopf.

Gleich darauf war er eingeschlafen.

Am nächsten Morgen wurde er von grellem Licht geweckt, das durch das offene Fenster in das Zimmer fiel. Draußen wartete ein strahlender Sommertag.

„Aufstehen, du Schlafmütze!“, rief seine Tante aus dem Garten. Ein Rauschen verriet Jup, dass sie mit dem Gartenschlauch ihre Blumen- und Gemüsebeete sprengte.

Jupiter streckte sich und gähnte herzhaft. Er fühlte sich noch immer wie erschlagen. In seinem Kopf war ein dumpfes Gefühl geblieben. Schlaftrunken wankte er ins Badezimmer und stellte sich vor den Spiegel. Gleich darauf gellte ein entsetzter Schrei durch das Haus.

„Jupi, was ist denn los? Hast du dir wehgetan?“, kam sofort die Stimme von Tante Ilona. Jupiter hörte ihre Pantoffeln über den Steinboden klappern. Schnell knallte er die Tür zu und riegelte ab.

Seine Tante rüttelte an der Klinke.

„Jupi, mach doch auf. Warum hast du geschrien? Bist du gestürzt?“, fragte sie besorgt.

„Nein, nein … alles in Ordnung“, stammelte Jup. „Es ist nur … eine Stimmübung. Muss ich jeden Morgen machen, weil ich sonst immer heiser bin. Entschuldige, ich habe dich nicht vorgewarnt.“

„Stimmübung? Also, was die Kinder heute alles so tun!“ Kopfschüttelnd zog die Tante ab.

Jupiter atmete auf. Zum Glück war ihm diese Notlüge rechtzeitig eingefallen.

Noch immer konnte er nicht glauben, was er gerade im Spiegel gesehen hatte. Doch auch beim zweiten Blick blieb es dabei: Ihm waren im ganzen Gesicht Haare gewachsen. Seine Nasenspitze war groß und schwarz, und seine Eckzähne standen weit vor.

Doch das war noch nicht alles. Auch auf seinen Handrücken wucherte Pelz. Aus den Unterarmen kamen die Haare so schnell, dass er ihnen beim Wachsen zuschauen konnte.

Auf seinem Kopf kribbelte es. Er fuhr sich mit den Händen durch die Mähne und stöhnte auf. Das Haar war auch viel länger und dichter als sonst und schien noch immer zu wuchern.

„Nein, nein, nur das nicht!“, stammelte er.

Wieder klopfte es an der Badezimmertür. „Jupi, bitte mach auf“, bat ihn die Tante. „Ich habe meine Brille auf der Ablage vergessen.“

„Ich ... ich kann jetzt nicht. Ich bin nackt!“, rief Jupiter.

„Dann schlüpf in einen Bademantel. Es hängen drei an der Wand“, rief Tante Ilona ungeduldig. „Mach schnell!“

Jup warf sich einen Bademantel über und ließ die Hand im Ärmel verschwinden. Er kniff die Öffnung so ein, dass nur die Fingerspitzen hervorguckten. Mit ihnen nahm er die Brille und streckte sie seiner Tante durch einen schmalen Türspalt entgegen.

Tante Ilona kicherte, weil sie annahm, dass er sich genierte.

Nachdem sie die Brille genommen hatte, schlug Jup die Tür wieder zu und sperrte ab. Keuchend lehnte er sich an die Innenseite.

Was sollte er jetzt nur machen?

Rasieren! Er riss das Badezimmerschränckchen auf und suchte nach einem Rasierapparat.

Tante Ilona hatte aber keinen. Sie lebte allein.

Jupiter stöhnte verzweifelt. Unter keinen Umständen konnte er so aus dem Bad gehen. Die Tante würde einen Schreikrampf bekommen und bestimmt den Arzt rufen. Aber Jup war ja nicht krank.

Eine Tube fiel ihm in die Hände. „Enthaarungscreme" stand in grünen Buchstaben darauf. Das klang doch brauchbar. Er überflog die Packungsbeilage, die versprach, dass alle Haare ausfielen, auf die man die Creme auftrug.

Mit zitternden Fingern löste er den Schraubverschluss und drückte ein bisschen von der gelblichen Creme auf seinen behaarten Handrücken. Sorgfältig verrieb er das Zeug, das nach Medizin roch.

Sollte er die Creme auch gleich im Gesicht auftragen?

„Jupi, Frühstück ist fertig!", hörte er Tante Ilona rufen.

Es blieb ihm nichts anderes übrig. Er schmierte das fettige Zeug auf Wangen und Nase. Wie dicke Stacheln standen die verklebten Haare nun ab.

Damit die Tante keinen Verdacht schöpfte, drehte Jupiter die Dusche auf.

Irgendwo in seinem Hinterkopf tauchte der Gedanke an den Wolfsschädel wieder auf. War er in der Nacht einem Werwolf begegnet?

Ich verwandle mich selbst in einen. Ich bin ein Werwolf!, schoss es ihm siedend heiß durch den Kopf.

Und Werwölfe waren ständig auf der Jagd nach … Menschen!

„Habe ich schon Appetit darauf?“, fragte sich Jup ängstlich.

Nein, noch nicht. Aber es war ihm auch gerade erst Fell gewachsen. Der Hunger konnte noch kommen.

Etwas aber war eigenartig. Menschen verwandelten sich normalerweise nachts und bei Vollmond in Werwölfe. Jetzt aber war ein heller, heißer Sommermorgen.

Die Wirkung

Bei mir ist es eben anders, dachte Jup und warf einen Blick auf seine Armbanduhr. Sie war wasserdicht, und deshalb trug er sie Tag und Nacht, sogar unter der Dusche.

Zehn Minuten waren vergangen. Laut Gebrauchsanweisung sollte die Enthaarungscreme nun wieder abgewaschen werden.

Jup stieg unter die Brause und kleckste duftendes Duschgel auf seine Hände. Bald war er von Kopf bis Fuß mit Schaum bedeckt. Er schloss die Augen und ließ das Wasser über sein Gesicht und die Arme rinnen. Er spürte, wie die Haare ausfielen. Bald war der Abfluss verstopft, und Jupiter musste dicke, seifige Haarknäuel daraus entfernen. Er warf sie in den kleinen Mülleimer unter dem Waschbecken.

Als er fertig war, seufzte er zufrieden und angelte nach einem Handtuch.

Der Spuk war vorbei. Er war das schreckliche Fell los. Während er sich den Kopf trockenrubbelte, trat er vor den Spiegel. Er zog das Handtuch weg und unterdrückte nur mit Mühe einen neuen Schrei.

Die Haare waren nachgewachsen, und zwar buschiger und länger als zuvor. Mittlerweile bedeckte das Fell auch seine Oberarme und die Brust. Jupiters Kopf war höher und breiter geworden, seine Ohren gingen spitz nach hinten. Die schwarze Nasenspitze und die Eckzähne waren auch noch da.

„Nein, nein, bitte nicht!“, stammelte er verzweifelt.

Was sollte er jetzt tun?

Er packte die langen Haare auf dem Kopf und riss an ihnen. Doch sie waren fest angewachsen und gingen nicht ab. Jup zog und zerrte verzweifelt. Es tat höllisch weh, und schließlich gab er entnervt auf.

Doch das Ziehen und Zerren ging weiter. Atemlos beobachtete Jupiter im Spiegel, dass die Haare wie Schnüre aus seinem Kopf gezogen und immer länger wurden.

„Nein! Das tut weh!“, schrie er.

Über ihm kicherte es schadenfroh. Er blickte nach oben und sah …

Etwas wird werheimlicht

… Vickys grinsendes Gesicht.

„Wie kommst du ins Badezimmer? Raus … ich bin nackt!“, rief er empört. „Und was machst du dort oben an der Decke?“

Neben Vicky tauchte ein Kopf mit einer Baseballkappe auf. „Du warst wohl gestern zu lange in der Sonne“, spottete Nick. „Scheint sich um einen schlimmen Fall von Sonnenstich zu handeln.“

Verwirrt drehte Jupiter den Kopf. Die Kacheln des Badezimmers waren verschwunden. Stattdessen sah er auf die blassgelb gestrichenen Wände des Gästezimmers.

Jup lag im Bett. Decke und Kissen waren

völlig zerwühlt. Sein Cousin und seine Cousine standen neben ihm und blickten grinsend auf ihn herab.

Jupiter richtete sich mit einem Ruck auf.

„Wie kommt ihr hierher?", wollte er wissen.

„Überraschung!", lachte Vicky. „Tante Ilona hat uns auch eingeladen, dir aber nichts gesagt."

„Wir sind heute Morgen angekommen", fügte Nick hinzu.

Jupiter tastete sein Gesicht ab und betrachtete prüfend die Handrücken.

Alles ganz normal. Kein Fell. Er hatte vorhin nur geträumt. Jup seufzte erleichtert.

Dann war der nächtliche Ausflug, an den er sich nur nebulös erinnern konnte, auch nur ein Traum gewesen? Bestimmt!

„Igitt, hast du dich gestern Abend in einem Misthaufen gewälzt?", fragte Nick mit gerümpfter Nase.

„Wieso?"

„Es riecht so und sieht auch danach aus", erklärte Vicky. „In deinem Gesicht klebt ekliges braunes Zeug. Wäääää!"

„Werft das Faultier aus dem Bett und kommt frühstücken!", rief Tante Ilona aus dem Garten. „Eigentlich wird es schon fast ein Mittagessen. Es ist bereits elf Uhr!"

Zehn Minuten später saßen alle vier im Garten unter einem Sonnenschirm und ließen es sich schmecken.

„Hast du schlecht geschlafen?", erkundigte sich die Tante bei Jupiter.

Er nickte langsam.

„Man sieht es dir an. Hast ja tiefe dunkle Ringe unter den Augen."

„Tante Ilona … gibt es … Werwölfe in dieser Gegend?", wollte Jupiter wissen.

Die Tante ließ die Gabel sinken und starrte ihn stumm an. Sie war eindeutig erschrocken. „Nein!", sagte sie kurz und begann, verbissen in dem Rührei auf ihrem Teller zu stochern.

Die verheimlicht mir doch was, dachte Jupiter.

„Wollt ihr heute nicht ins Schwimmbad gehen?", schlug Tante Ilona plötzlich vor.

Die drei vom Gruselclub waren einverstanden.

In der Nacht zuvor hatte der Mann mit dem Wolfsfell den bewusstlosen Jupiter wie einen Sack über die Schulter geworfen und zurückgetragen. Er kannte Jup, da er ihn am Vortag bei seiner Tante gesehen hatte.

„Ob er auch mich erkannt hat?", überlegte der Mann auf dem Weg. Gleich darauf beruhigte

er sich und sagte leise: *„Und wenn schon. Er hat mich bereits wieder vergessen. Die Kräuter haben ihre Wirkung getan."*

Aber würde sie auch anhalten? Oder kam Jupiters Erinnerung zurück? Der Mann war sich dessen selbst nicht ganz sicher.

Es waren nur noch zwei Nächte bis Vollmond. Dann würde er sein Vorhaben verwirklichen. Doch bis es so weit war, durfte er nicht gestört werden.

Er war durch das offene Fenster geklettert und hatte Jupiter auf den Boden des Zimmers gelegt. Danach war er über die Wiese zur Ruine zurückgekehrt und hatte seine Sachen zusammengepackt. Als er später durch die nächtlichen Gassen ging, ahnte niemand, was seine Tasche enthielt.

Wenn sie wüssten, welches Unheil der ganzen Stadt blüht!, dachte der Mann und kicherte teuflisch in sich hinein.

Werwolf! Werwolf! Werwolf!

Immer wieder hämmerte das Wort durch Jupiters Kopf. Er versuchte krampfhaft, sich an die Ereignisse der vergangenen Nacht zu erinnern, aber vergebens.

Immer wieder lief er ins Bad und betrachtete sein Gesicht prüfend im Spiegel.

Er atmete jedes Mal erleichtert auf. Keine Anzeichen von Fell.

„Ganz schön eitel geworden, der gute Jupiter“, spottete Vicky. „Ich kann dir einen Handspiegel empfehlen, zum Einstecken.“

„Lass mich in Frieden!“, knurrte Jup sie an.

Gegen Mittag brachen sie ins Schwimmbad auf.

„Wer trägt den Picknickkorb?“, fragte Tante Ilona und zeigte auf einen weißen geflochtenen Korb auf dem Küchentisch.

„Das mache ich schon“, sagte Jup lässig. Aber als er den Korb heben wollte, brachte er ihn kaum in die Höhe. „Was hast du denn eingepackt? Pflastersteine?“, stöhnte er.

„Ach, nur ein paar kleine Häppchen!“, erklärte die Tante mit unschuldigem Lächeln.

Vicky grinste. Tante Ilona lebte in der ständigen Angst, es könnte jemand in ihrer Nähe verhungern.

Zum Schwimmbad war es nicht weit, deshalb gingen sie zu Fuß. Jup und Nick schleppten den Fresskorb, Vicky die Badetasche, und Tante Ilona trippelte mit leeren Händen voran.

Fröhlich pfiff sie einen Schlager, den sie im Radio gehört hatte. Plötzlich aber brach sie ab und starrte einen Mann an, der um die Ecke gebogen war und nun vor ihnen stand.

Er war groß und hatte breite Schultern. Sein silbergraues Haar war nach hinten frisiert. Vicky bemerkte sofort die auffällige Armbanduhr an seinem Handgelenk.

„Guten Tag, Frau Kukofsky!“, grüßte er höflich. An den dreien vom Gruselclub sah er vorbei.

„Tag, Herr Lenz“, grüßte die Tante leise zurück und ging rasch weiter.

Jupiter aber war stehen geblieben und starrte dem Mann hinterher. Er hatte auffällig buschige, zusammengewachsene Augenbrauen. War das nicht ein Zeichen für einen Wolf in Menschengestalt?

Schreck Nummer zwei

„Beeil dich, ich will ins Wasser!“, drängte Vicky und zog Jupiter am Hemd.

„Jaja, kein Stress!“, murmelte er.

Erst im Schwimmbad kam er dazu, seine Tante nach dem Mann zu fragen.

„Herr Lenz … der ist … also … naja … er ist … ein komischer Kauz“, stotterte Tante Ilona herum.

„Warum? Was macht er denn?“, bohrte Jupiter weiter.

Seine Tante schüttelte den Kopf und stand auf. „Ach, gar nichts. Und jetzt muss ich dringend ins Wasser!“

Tante Ilona war nicht gerade die Schlankste,

aber trotzdem unglaublich sportlich. Sie kletterte auf das Dreimeterbrett und vollführte einen perfekten Kopfsprung.

Jupiter blieb im Gras sitzen und spielte mit seinen Zehen. Neben ihm standen seine Badelatschen.

Einer meiner Sportschuhe ist fort!, fiel ihm wieder ein. Er hatte das ganze Zimmer und das Haus danach abgesucht, ihn aber nicht finden können. Gestern Abend war der Schuh noch da gewesen. Davon war Jup überzeugt. Er musste in der Nacht verschwunden sein.

Hatte er ihn auf dem nächtlichen Ausflug verloren?

Er beschloss, am Abend draußen danach zu suchen. Das würde zwar eine Suche wie nach der Stecknadel im Heuhaufen werden, aber vielleicht hatte er Glück. Und auf diese Weise kam sein Gedächtnis möglicherweise wieder in Gang.

Tante Ilona stieg aus dem Becken und schüttelte sich wie ein nasser Hund. Auf einem Bein springend, versuchte sie das Wasser aus den Ohren zu schütteln. Dabei stieß sie mit einem Mann zusammen, der mit gesenktem Kopf über die Wiese lief.

„Können Sie nicht aufpassen!", schnauzte er sie an.

„Verzeihung", sagte Tante Ilona, die einem Streit aus dem Weg gehen wollte.

„Eine Stadt der Rüpel, Barbaren und Widerlinge ist das!", schimpfte der Mann vor sich hin.

Vicky, Nick und Jupiter hatten alles gesehen und gehört und warfen sich vielsagende Blicke zu.

Nick tippte sich an die Stirn, die anderen nickten zustimmend.

Der Mann tickte anscheinend nicht ganz richtig.

Irgendwie sah er auch seltsam aus mit dieser dunklen Sonnenbrille, dem Strohhut und den gestreiften Badehosen, die bis zu den Knien reichten.

Zum zweiten Mal erschrak Jupiter an diesem Tag heftig. Hatte er sich verguckt oder nicht? Waren der Zeige- und der Mittelfinger des Mannes wirklich gleich lang?

Der stechende Blick

Jupiter berichtete seinen Freunden von dieser Beobachtung, aber Vicky und Nick glaubten nicht recht daran.

„Du hast in der Nacht nur schlecht geträumt. Reg dich ab!“, meinte Vicky etwas spöttisch.

Später holte sich Jupiter ein Eis vom Kiosk. Als er sich umdrehte, stand der Mann von vorhin direkt hinter ihm. Jup prallte mit ihm zusammen und erschrak.

„Bist du mir nicht schon einmal unangenehm aufgefallen?“, zischte ihn der Mann an.

Jupiter verzog ratlos das Gesicht.

„Was darf es sein, Herr Müllenburg?“, fragte die Eisverkäuferin.

„Professor Müllenburg“, verbesserte sie der Mann streng. „Einmal Erdbeer und Zitrone. Und machen Sie die Kugeln nicht wieder so klein!“

„Sehr wohl“, seufzte die Verkäuferin.

Jup nützte die Gelegenheit und verschwand.

„Wer ist Professor Müllenburg?“, fragte er seine Tante.

„Was weiß ich. Ein Dichter oder so“, sagte sie und verdrehte die Augen. „Hält sich für was Besseres.“

Am Abend nahm Jupiter sein Handy und schloss sich damit im Bad ein. Er wollte unbedingt ungestört mit seinem Vater reden.

Professor Katz freute sich über den Anruf seines Sohnes.

„Sag mal, was kannst du mir alles über Werwölfe berichten?“, erkundigte sich Jupiter.

Der Professor überlegte kurz und hielt ihm dann einen kurzen Vortrag über diese höchst unangenehmen Nachtwesen. Jupiter schrieb das Wichtigste mit.

Werwölfe waren tagsüber ganz normale Menschen, wurden aber in Vollmondnächten zu reißenden Bestien. Manche sahen wie echte Wölfe aus, andere waren halb Mensch, halb Wolf. Gewisse Merkmale behielten sie auch tagsüber in menschlicher Gestalt: zum Beispiel buschige

Augenbrauen, die über der Nase zusammenstießen, spitze Ohren oder gleich lange Mittel- und Zeigefinger.

„Reicht ein einziges Erkennungsmerkmal, um einen Werwolf in Menschengestalt zu verraten? Sind zum Beispiel buschige Augenbrauen Beweis genug?", wollte Jup wissen.

„Nein. Es müssen mindestens drei Merkmale zusammenkommen, sonst könnte es sich auch um einen Zufall handeln", antwortete der Professor. „Aber wieso fragst du eigentlich?"

„Nur so. Ich bin eben dein Sohn und interessiere mich dafür", schwindelte Jupiter.

Zum Glück bohrte sein Vater nicht weiter nach.

Jemand klopfte an der Badezimmertür.

„Jupi, bist du da drinnen?", rief Tante Ilona fragend.

„Ich muss jetzt Schluss machen", sagte Jupiter schnell und verabschiedete sich von seinem Vater.

„Jupi, mach bitte auf!", forderte die Tante. Sie würde nicht eher aufgeben, bis ihr Neffe die Tür aufschloss.

„Keine Angst, ich bin nicht in die Toilette gefallen!", beruhigte sie Jup. „Und Tante, bitte nenn mich nicht immer Jupi. Das klingt, als wäre ich ein Hund."

Die Türklingel schrillte laut durchs Haus. Immer wieder drückte jemand ungeduldig auf den Klingelknopf.

„Ja, ja, ja, ich komme schon!", rief Tante Ilona, eilte zur Haustür und öffnete.

Vor ihr stand ein Paketbote. Er hielt eine große Schachtel unterm Arm und fragte: „Wohnt hier Herr Viktor Rind?"

„Nein, den Namen habe ich noch nie gehört!", sagte die Tante. „Kann ich mal die Adresse sehen?"

Sie wollte nach dem Paket greifen, aber der Bote drehte sich weg. Sein Blick fiel dabei auf Jupiter, der mit dem Handy in der Hand im Vorzimmer stand. Die kleinen schwarzen Augen fixierten und durchbohrten ihn.

Jupiter hob fragend die Augenbrauen. „Ist was?", fragte er.

Der Postbote kniff die Augen zusammen und knurrte: „So einer wie du hat mir mein Moped gestohlen."

„Was erlauben Sie sich? Sie können doch nicht herkommen und meinen Neffen des Diebstahls bezichtigen!", rief Tante Ilona entrüstet.

„Halt dich bloß von mir fern!", zischte der Postbote und stapfte davon.

„Ich werde mich über Sie beschweren!", rief ihm die Tante hinterher. Sie ging zum Telefon im Flur und rief bei der Post an. Dort aber erhielt sie die Auskunft, es wäre kein Paketzusteller mehr unterwegs.

Wer war der Mann also gewesen?

Jupiter spürte einen kalten Schauer über seinen Rücken kriechen. Er hatte noch immer den stechenden Blick vor Augen.

In seinem Kopf tauchte plötzlich ein Bild aus der vergangenen Nacht auf. Er sah einen dunklen Schatten vor sich stehen.

Konnte es der falsche Postbote gewesen sein?

Nachtausflug

Jupiter rief Nick und Vicky zu einem Gruselclub-Treffen in sein Zimmer.

„Ihr könnt mich ruhig für verrückt halten, aber letzte Nacht ist etwas mit mir geschehen!“, begann er. „Es hat mit einem Werwolf zu tun. An mehr kann ich mich leider nicht erinnern, aber ich will unbedingt rausfinden, was es ist.“

„Und wie?“, fragte Vicky.

Dazu hatte sich Jup schon Gedanken gemacht: „Wir machen heute Nacht einen kleinen Ausflug. Ich habe da so eine vage Ahnung, dass Kox mich zu etwas geführt hat. Vielleicht zeigt er uns den Weg noch einmal. Wenn wir meinen Schuh finden, wissen wir, dass wir richtig sind.“

Die anderen beiden waren einverstanden.

Jup berichtete noch, was sein Vater ihm über Werwölfe erzählt hatte und wie man den Spuk beenden konnte. Manchmal half es schon, wenn man den Werwolf bei seinem menschlichen Namen nannte, manchmal brauchte man ein Gewehr mit einer Silberkugel, um ihn zu besiegen.

Vicky und Nick schauderten.

Der Mann saß in einem abgewetzten Stuhl und drehte Däumchen. Er war nervös. Sehr nervös sogar.

Hatte ihn der Junge wiedererkannt? Der Mann glaubte, ein Flackern in seinen Augen gesehen zu haben. Oder hatte er sich das nur eingebildet?

Der Junge durfte ihn auf keinen Fall verraten. War auf die „Kräuter des Vergessens“ Verlass? Hatten sie wirklich alle Erinnerungen gelöscht? Oder würde dem Jungen wieder einfallen, was er in der vergangenen Nacht beobachtet hatte?

„Ich muss ihn stoppen!“, murmelte der Mann.

Er trat an einen dunklen Schrank und holte einen Schlüsselbund aus der Hosentasche. Drei Schlösser musste er öffnen, bevor die Tür aufging. Er bückte sich und holte etwas aus dem untersten Fach …

Erschöpft ging Jupiter bereits kurz nach acht Uhr ins Bett. Normalerweise würde er das nie freiwillig tun, aber diesmal musste er in ein paar Stunden wieder fit sein.

Seine Armbanduhr hatte eine Weckfunktion, die er auf elf einstellte. Kaum hatte er sich zurückgelegt, war er auch schon eingeschlafen.

Wie aus weiter Ferne drang ein hohes Piepsen an sein Ohr. Er brauchte ziemlich lange, bis er begriff, dass es sich um den Weckton seiner Uhr handelte. Schnell stellte er ihn ab und stand auf.

Draußen war Nacht. Der Mond war noch ein Stückchen runder als gestern und stand wieder über dem Hügel.

Nick und Vicky schliefen im Nebenzimmer, das sonst als Abstellkammer diente. Beide brummten unwillig, als Jup sie weckte.

Es war bereits Viertel nach elf, als sie endlich im Garten standen. Der Rasen war taunass und kühl.

Auf dem Ast eines Kirschbaums wippte Kox und krächzte leise vor sich hin.

„Und jetzt?“, fragte Nick.

Jupiter stand mit hängenden Armen da. Gute Frage. Was jetzt? Er konnte sich noch immer nicht erinnern, in welche Richtung er vergangene Nacht gegangen war.

Kox war leider kein Hund. Jup konnte ihm nicht einfach befehlen, eine Spur zu suchen.

Mit heiserem Krächzen schwang sich die Krähe in die Luft und drehte einige Runden über dem Garten. Gespannt blickten die drei vom Gruselclub zu ihr hoch.

„Sie fliegt zum Wald", flüsterte Vicky. „Ist das richtig?"

Jup zuckte mit den Schultern. „Wir … wir gehen ihr einfach nach."

Bald hatten sie den Waldrand erreicht, hinter dem sie tiefes Schwarz erwartete. Nick hatte eine Taschenlampe dabei, die er nun anknipste.

In Jupiters Kopf tauchte wieder ein Bild der vergangenen Nacht auf. Auch damals hatte er am Waldrand gestanden und ein Licht gesehen.

Kox segelte geschickt zwischen den mächtigen Baumstämmen hindurch, und die drei Freunde folgten ihm.

Vicky gab den anderen ein Zeichen, stehen zu bleiben. „Hört ihr das?", fragte sie flüsternd.

„Was sollen wir hören?", brummte Nick.

Der leichte Abendwind trug tiefe Stimmen zu ihnen. Sie hatten einen beschwörenden Singsang angestimmt. Jupiter verstand nur die Worte: „Ena Tuata. Ena Tuata. Ena Tuata!"

Was hatte das zu bedeuten?

„Los, mir nach!", kommandierte Vicky. Sie

bedeutete den anderen, leise zu sein, damit sie sich an der Lautstärke der Stimmen orientieren konnten.

Nick stolperte und fiel der Länge nach hin. Stöhnend hielt er sich das Bein.

„Ist es sehr schlimm?", fragte Jupiter besorgt.

Nick biss die Zähne zusammen und nickte. Sein Knöchel schmerzte höllisch.

Vicky untersuchte den Stein, über den Nick gefallen war. Er hatte spitze Kanten und war eindeutig von Menschen bearbeitet. Grüne dornige Ranken hatten ihn überwuchert, und deshalb hatte Nick ihn wohl auch trotz seiner Taschenlampe übersehen.

Vorsichtig schob Vicky die Pflanzen zur Seite. Jup nahm Nicks Lampe, beleuchtete den Stein und stieß einen erschrockenen Laut aus. In den Stein war eine Fratze eingeritzt.

„Was soll denn das sein?", fragte er leise.

„Scheint ziemlich alt zu sein", murmelte Vicky und deutete auf eine Inschrift, auf der sich die Zahl 1666 entziffern ließ. Sie nahm den Bleistift, den sie immer hinter dem Ohr stecken hatte, und bat Jupiter um ein Blatt Papier. Jup zog seinen Notizblock aus der hinteren Hosentasche und reichte ihn ihr. Vicky riss ein Blatt ab, legte es auf und rubbelte die Inschrift und die Fratze ab. Zu Hause würden sie alles in Ruhe untersuchen.

Gestalten im Moor

Nick versuchte aufzustehen und weiterzugehen, aber er konnte nicht auftreten. Sein Knöchel schmerzte zu sehr.

„Zischt ab und schaut, wer diese Musik veranstaltet“, sagte er zu seinen Freunden. „Ich warte hier auf euch.“

„Aber wir können dich doch nicht einfach so sitzen lassen“, meinte Vicky.

„Kein Problem, ich fürchte mich nicht“, erklärte Nick selbstbewusst. Er war sogar bereit, ihnen die Taschenlampe zu überlassen.

Vicky und Jup nahmen das Angebot an. Sie hoben zum Abschied die Hand und schlichen dann geduckt weiter.

Nick lauschte, wie das Knacken ihrer Schritte immer leiser wurde. Der Lichtschein der Taschenlampe verschwand zwischen den Bäumen.

Im Wald war die Nacht sehr still. Gespenstisch still. Beim leisesten Knistern blickte Nick sich unruhig um. Was war das? Kam da jemand?

Die Minuten verstrichen. Vicky und Jupiter kehrten nicht zurück. Bald war eine Viertelstunde ohne ein Zeichen von den beiden vergangen.

„Jetzt reicht es aber“, murmelte Nick und zog sich an einem Stamm in die Höhe. Er beschloss, den anderen entgegenzugehen.

Ein Rascheln hinter ihm verriet ihm, dass jemand mit großen Schritten in seine Nähe kam. Nick presste sich an einen dicken Baumstamm und hoffte, so nicht gesehen zu werden.

Ein großer Mann ging so knapp an Nicks Versteck vorbei, dass er fast nach ihm greifen konnte.

Wer war das?

Der Mann trug einen Hut und hielt den Kopf gesenkt. In der Hand hatte er eine Tasche. Ohne Nick zu bemerken, entfernte er sich in die Dunkelheit.

Nick keuchte vor Aufregung und ließ sich wieder auf den Boden sinken. Sein Herz raste.

Wieder verstrichen viele Minuten.

Und dann hörte Nick es.

Jupiter und seine Cousine tappten immer weiter durch den Wald.

„Angst?“, fragte Vicky ihren Cousin leise.

„Wie kommst du darauf? Natürlich nicht!“

„Warum zitterst du dann so?“

„Tu ich nicht!“, protestierte Jupiter.

„Tust du doch!“, zischte Vicky und deutete auf den Lichtkreis der Taschenlampe, der heftig wackelte, weil Jup seine Hand nicht ruhig halten konnte.

„Na und? Spiel doch nicht die Coole! Du hast doch auch Gummiknie!“, gab Jupiter zurück.

Vicky schwieg, denn Jup hatte ins Schwarze getroffen.

Die Lautstärke des Singsangs ließ keinen Zweifel daran, dass sich die Unbekannten in unmittelbarer Nähe befinden mussten.

Noch ein anderes Geräusch mischte sich dazu: ein tiefes, kurzes Knarren, das immer wieder kam. Es schien von einem Tier zu stammen. Aber von welchem?

„Könnte eine Kröte sein“, murmelte Vicky. „Das würde bedeuten, es ist Wasser in der Nähe.“

Jup nickte und bedeutete ihr weiterzugehen.

Zwischen den Baumstämmen flackerte rötliches Licht. Die beiden Mitglieder des Gruselclubs spähten nach vorn und erkannten flache Schalen auf dem Boden. In ihnen brannte Feuer.

Sie schlichen etwas weiter weg, um nicht in den Lichtschein zu geraten.

Fauliger, erdiger Geruch stieg ihnen in die Nase. Jupiter deutete nach unten, wo ihre Schuhe bei jedem Schritt ein matschiges Geräusch verursachten.

„Hier scheint ein Moor zu beginnen", sagte er leise.

Vicky nickte und biss sich vor Aufregung auf die Unterlippe. Stumm zeigte sie auf den freien Platz, der hinter den Bäumen begann.

Jup schlug die Hand vor den Mund. Auf dem Platz standen drei Männer in langen Kutten mit spitzen Kapuzen.

Kalte Schauer

Jup beugte sich ganz nah zu Vicky und flüsterte: „Wer ist das?“

Vicky hatte keine Ahnung. Sie interessierte vor allem, was die drei hier machten.

Noch immer gaben sie ihren unheimlichen Singsang von sich. „Ena Tuata. Ena Tuata. Ena Tuata!“

Langsam und würdevoll traten sie in die Mitte des Platzes, verneigten sich kurz und bückten sich dann bis zum Boden. Noch immer singend begannen sie, an etwas zu hantieren. Was es war, konnten Vicky und Jup aber nicht sehen, da es die Männer mit ihren Kutten verdeckten.

Zu hören waren matschende, quatschende und schmatzende Laute. Sie erinnerten Vicky an den Werkunterricht in der Schule, als sie mit Ton gearbeitet hatten.

Die Männer schienen keine Hast zu kennen. Unermüdlich arbeiteten und sangen sie weiter.

Doch dann brach der Singsang ab. Sie wichen zurück und betrachteten ihr Werk.

„Was soll das sein?", hauchte Jupiter.

Zwischen den Männern stand ein gelbliches Gebilde, das an eine verbogene Kerze erinnerte. Es war einen guten halben Meter hoch, und die Oberfläche schimmerte feucht.

Die Kapuzenmänner schoben die Feuerschalen nahe an das Gebilde heran, traten dann zur Seite und begannen, wieder zu singen.

„Ich glaube, die haben dieses Ding aus Lehm geformt", flüsterte Vicky. Jup nickte stumm.

Die Flammen loderten an der Figur empor und trockneten den nassen Lehm, der bald rissig wurde.

Der Gesang der Männer steigerte sich. Außerdem hoben sie im Takt immer wieder beschwörend die Arme. Bei einem von ihnen sah Vicky unter dem Ärmel etwas aufblitzen.

Die Risse im Lehm wurden breiter. Darunter war etwas Glänzendes zu erkennen.

Vicky und Jupiter rissen die Augen auf.

Mit einem ohrenbetäubenden Knall zersprang der trockene Lehm. Die Teile flogen nach allen Seiten.

Die beiden Mitglieder des Gruselclubs schnappten nach Luft. Zwischen den Feuerschalen stand ein Wesen, das nass und schleimig glänzte. Steif und starr stand es da, ein zottiges Bein und einen Arm erhoben. Seine Fratze sah so aus wie die auf dem Stein mit der Inschrift.

Nick zitterte am ganzen Körper. Aus der Ferne war ein lang gezogenes Heulen zu hören.

Es war Wolfsgeheul, hoch und hohl. Und es ging durch Mark und Bein.

Wo blieben nur Vicky und Jupiter?

„Wuuuuuuu!", schallte es wieder durch die Bäume.

Nick zog ängstlich den Kopf zwischen die Schultern. Das Heulen jagte ihm eisige Schauer über den Rücken.

Was sollte er machen?

Jupiter hatte von einem Werwolf erzählt. Vielleicht hatte er recht. Vielleicht gab es hier wirklich so eine Bestie. Nick hatte jetzt die Möglichkeit herauszufinden, wo sie sich versteckte. Er wusste, wie wichtig diese Information sein konnte. Der Werwolf musste gefunden und unschädlich gemacht werden. Wie lange streifte er wohl schon durch den Wald? Wie viele Leute waren nach einer Begegnung mit ihm nie wieder heimgekehrt?

Was soll ich nur machen?, dachte Nick.

Er zog sich an der rauen Rinde des Baumes, hinter dem er noch immer kauerte, in die Höhe. Dann starrte er in die Richtung, aus der das Heulen kam, konnte aber nichts erkennen.

Und wenn der Werwolf ganz in der Nähe lauerte?

Nick bückte sich und hob einen dicken abgebrochenen Ast auf. Schwer lag der Prügel in seiner Hand. Damit würde er sich verteidigen können. Hoffentlich.

Von Baumstamm zu Baumstamm humpelnd, machte sich Nick auf die Suche nach dem Werwolf.

„Wuuuuuuuuu!" Das Heulen wurde immer lang gezogener und lauter.

Schließlich erreichte Nick den Waldrand, hinter dem eine Wiese begann.

Ein paar Schritte vor ihm leuchtete auf dem Boden etwas Weißes.

Es war ein Schuh. Ein Sportschuh. Mit Klettverschluss. Das war Jupiters Schuh! Er war also vergangene Nacht hier gewesen.

Die Wiese wurde von einer Hügelkette begrenzt. Das Heulen des Wolfes kam nicht mehr aus einer Richtung, sondern aus vielen, denn sein Echo wurde von den Hügeln hin und her geworfen.

Verwirrt sah sich Nick um.

Wo war der Wolf?

Er konnte ihn nirgendwo sehen.

Die Ungewissheit war fast unerträglich. Jeden Augenblick konnte der Wolf vor ihm hochspringen. Nick sah das geifernde Maul mit den langen gelben Zähnen schon vor sich. Er stellte sich den heißen, feuchten, stinkenden Atem vor und die Krallen, die ihn wie spitze Zangen packten.

„Hör auf!", sagte er leise zu sich. „Hör auf, dir noch mehr Angst zu machen."

Aber wo könnte der Wolf sein? Nick konnte ihn nirgendwo entdecken.

Das Moormonster

Mit einem scharfen, zischenden Geräusch klappte das schleimige Wesen aus Lehm zuerst das eine, dann das andere Auge auf. Beide glühten schwefelgelb.

Die Männer steigerten ihren Gesang zu einem Brüllen. Sie stampften mit den Füßen auf den Boden, dass der Morast nach allen Seiten spritzte, und warfen dazu die Arme in die Höhe.

Jupiter und Vicky standen hinter dem Baumstamm und wagten kaum zu atmen. Sie durften sich unter keinen Umständen verraten. Die Kapuzenmänner sahen sehr bedrohlich aus.

Ein hohes Knacken und Knirschen ertönte, als das Moormonster wie in Zeitlupe einen Arm senkte und den anderen hob. Gleichzeitig begann es zu gehen. Plump und ungelenk stakste es vorwärts.

Die Kapuzenmänner schienen vor Begeisterung außer sich zu sein. War es ihr Singsang gewesen, der das Monster zum Leben erweckt hatte?

Seine gelben Augen loderten hell.

Jupiter zog schnell den Kopf zurück. Täuschte er sich, oder hatte ihn das Monster angeschaut?

Der Kopf des Moorwesens klappte in der Mitte auseinander und entblößte lange Reihen nadelspitzer Zähne. Eine schwarze Zunge rollte heraus und zitterte tastend durch die Luft.

Ein schriller, grimmiger Schrei kam aus der Kehle des Monsters.

Noch immer stapfte es genau auf den Baum zu, hinter dem Jup und Vicky standen.

Angewidert sah Vicky auf die glänzende Schleimspur, die es hinterließ.

„Wir müssen weg, es hat uns entdeckt!", keuchte Jupiter.

Vicky spürte, wie sich alle Muskeln ihres Körpers anspannten. Wenn sie jetzt losliefen, würden sie sich verraten. Und dann? Was würde dann geschehen? Würden die Kapuzenleute die Verfolgung aufnehmen? Oder würde sich das Monster auf sie stürzen?

Jupiter wollte nicht länger warten. Er setzte zur Flucht an, aber Vicky hielt ihn zurück.

„Nicht!", zischte sie.

„Gruuaaaaa!" Der Schrei des Monsters ließ den beiden das Blut in den Adern stocken. Gierig klappte das breite Maul auf und zu. Der Gestank von Schlamm und faulen Eiern stach ihnen in die Nase.

„Es ist gleich da!" Jups Hals war wie abgeschnürt.

Nein, er wollte nicht länger warten.

Vicky spürte ihn zucken und umklammerte seinen Arm.

Der Werwolf

Nicks Bein schmerzte höllisch. Er verwendete den dicken Ast inzwischen als Krücke, weil er kaum noch auftreten konnte. Jede Berührung mit dem Boden jagte einen glühenden Stich durch seinen Knöchel.

„Nicht aufgeben. Ich muss rausfinden, was es mit dem Werwolf auf sich hat. Ich muss!“, trieb er sich selbst an.

Der Schweiß stand ihm auf der Stirn. Sein T-Shirt klebte feucht am Rücken.

Plötzlich sah er vor sich eine Ruine. Sie stand auf einem Hügel. Durch die Fensteröffnungen konnte Nick einen Feuerschein erkennen. Er beschloss, dort zuerst zu suchen. Stieß er nicht auf den Werwolf, so traf er vielleicht Leute, die ein Lagerfeuer entfacht hatten und ihm halfen.

„Nein, dreh um. Das ist Wahnsinn. Vielleicht bekommst du es mit einem echten Werwolf zu tun. Gegen den hast du keine Chance!", sagte eine Stimme in seinem Kopf.

Sie hatte recht.

Nick zögerte noch kurz, dann gab er sich einen Ruck und hinkte trotzdem den Hügel hinauf. Er ging am Rand des Weges entlang, wo kein Schotter lag, um jedes Geräusch zu vermeiden.

„Wuuuuuuu!" Das Heulen des Wolfes klang so nahe, als stünde er neben ihm. Nick duckte sich erschrocken und presste die Hand auf die Brust. Sein Herz hämmerte.

Die Grillen waren verstummt.

Aus der Ruine kam ein Scharren und Kratzen.

Und dann ein Schrei. Der Schrei eines Menschen. Er klang verzweifelt und schmerzerfüllt.

Nick kämpfte sich in die Höhe und humpelte wieder nach unten. Hier blieb er nicht. Um keinen Preis!

Wieder schallte das Heulen durch die Nacht. Es klang nun voller.

Satter? Klang es am Ende wirklich satter? Nick schauderte. Die Gänsehaut kroch über seine Arme langsam nach oben. Er warf einen ängstlichen Blick zur Ruine hinauf, und ihm gefror das Blut in den Adern. Dort saß eine zottige Gestalt im Mondlicht.

Der Werwolf! Es gab ihn wirklich. Jupiter hatte recht gehabt. Hier lebte ein Werwolf, wenn man in diesem Fall überhaupt von „leben" sprechen konnte.

Sein Fell glänzte pechschwarz. Die Augen leuchteten weiß, das Maul war rot. Genüsslich leckte die Zunge die Lefzen ab.

Obwohl er halb Mensch, halb Tier war, lief der Werwolf auf allen vieren. Er sprang von der Mauer und hetzte keuchend davon.

Ob er mich gesehen hat? Die Frage jagte immer wieder durch Nicks Kopf. Er hielt die Luft an und lauschte, ob der Werwolf in seine Richtung kam.

Nein. Nichts zu hören.

Endlich erreichte Nick die Wiese. Geduckt humpelte er durch das hohe Gras.

Hinter ihm raschelte etwas. Erschrocken richtete er sich auf und drehte sich um.

Nichts. Nur die Spitzen der langen Gräser, die sich sachte im Wind bewegten.

Weiter. Weiter. Nur weg von hier! Nick sehnte sich nach dem Zimmer bei Tante Ilona und seinem Bett.

Das Blut pochte in seinen Ohren. Sein Herz raste. Er versuchte, nicht allzu laut zu keuchen und zu schnaufen.

Da! Leise Schritte hinter ihm.

Jetzt gab es keinen Zweifel mehr. Es schlich ihm jemand nach. Sobald er sich in Bewegung setzte, lief auch der andere.

Nick blieb wie angewurzelt stehen. Er hatte das Gefühl, die Beine nicht mehr heben zu können. Sie schienen tonnenschwer.

Mit einem hungrigen Brüllen schoss nur wenige Meter entfernt der Werwolf aus dem hohen Gras. Gierig streckte er die Klauen nach Nick aus.

Knapp vorbei

Vicky hielt Jupiters Arm noch immer fest umklammert. Ihre Finger waren wie ein Schraubstock. Er konnte gar nicht weglaufen.

Das Moormonster kam immer näher. Jeder Schritt verursachte ein schmatzendes Geräusch.

Es war nur noch drei Meter entfernt.

„Weg … wir müssen abhauen!“, keuchte Jup.

Noch zwei Meter.

Ein Bein des Monsters versank tief im braunen Matsch. Es brauchte viel Kraft, um es wieder herauszuziehen.

Es setzte seinen Weg noch lauter schreiend fort. Es bestand kein Zweifel mehr, dass es Vicky und Jupiter entdeckt hatte.

Noch ein Meter.

Die Kapuzenmänner waren außer sich vor Begeisterung. Sie schrien sich die Seele aus dem Leib, um das Wesen noch mehr anzufeuern.

Jupiter versuchte, sich von Vicky loszureißen, aber es gelang ihm nicht.

Gleich würde sie sehen, was sie von ihrem Zögern hatte.

Das Monster machte einen letzten großen Schritt und sackte nach vorn. Sein Bein schien ins Leere zu treten. Es kippte zur Seite und versank in einer Brühe aus schwarzem Moorwasser. Gurgelnd ging es unter und verschwand in der Tiefe. Alles, was von ihm übrig blieb, waren ein paar Luftblasen, die an die Oberfläche stiegen und blubbernd platzten.

Die Kapuzenmänner brachen den Gesang ab und ließen die Arme sinken. Entsetzt blickten sie zu dem dunklen Wasserloch, das in der Nacht nicht zu erkennen gewesen war.

Einige Momente herrschte atemlose Stille.

Jupiter spürte, wie ihm ein Stein vom Herzen fiel. Noch aber traute er sich nicht, erleichtert aufzuatmen.

Die Kapuzenmänner kamen näher und starrten auf das Wasser. Vicky hätte den Stoff ihrer Mäntel anfassen können, wenn sie den Arm ausgestreckt hätte.

Mit gesenkten Köpfen verschwanden die drei im Gänsemarsch zwischen den Bäumen. Als sie sicher außer Hörweite waren, atmete Jupiter schnaubend aus.

Vicky schüttelte immer wieder den Kopf. Sie konnte noch nicht fassen, was sie gerade beobachtet hatten.

„Komm, wir müssen zu Nick zurück. Schnell!", drängte sie. Obwohl es ihnen nicht so vorgekommen war, hatten sie mehr als eine Dreiviertelstunde am Rand des Moors verbracht.

Sie joggten durch den Wald, zu der Stelle, an der sie Nick zurückgelassen hatten.

Der Platz war leer.

„Hilfe! Hiiiiiilfe!", hörten sie Nick schreien.

„Nick? Wo bist du?", brüllte Vicky erschrocken.

„Hier … hier … Hilfe!"

„Wo *ist* hier?", rief Jupiter zurück.

Sie bekamen keine Antwort.

Aber Jup glaubte zu wissen, aus welcher Richtung der Schrei gekommen war, und rannte einfach los. Das Licht der Taschenlampe ließ er suchend hin und her schwenken.

Er erreichte die Wiese, wo ihm Nick mit angstverzerrtem Gesicht entgegenhumpelte.

„Er ist hinter mir … weg … weg!", stieß er aus.

Jupiter leuchtete hinter Nick und reckte den Hals.

„Wer ist hinter dir?“, wollte er wissen.

„Der Werwolf!“, krächzte Nick.

Jup schüttelte den Kopf. Hinter Nick war nur Wiese zu sehen. Keine Spur von einem Werwolf.

Keuchend kam Nick bei Jup an und stützte sich schwer auf seine Schulter. Er blickte zurück und rang nach Luft.

Jupiter hatte recht.

Der Werwolf war verschwunden.

Lauerte er jetzt irgendwo im hohen Gras? Wartete er nur auf die nächste Chance zuzuschlagen?

Der Schrei aus der Ruine hallte noch immer in Nicks Ohren.

„Los ... nichts wie nach Hause!“, flüsterte Vicky. Mit ihrer Ruhe war es jetzt auch vorbei.

Der Weg zurück zum Haus von Tante Ilona schien kein Ende zu nehmen. Jedes Rascheln, jedes Knacken ließ die drei erschrocken zusammenzucken.

Als das Haus endlich vor ihnen auftauchte, konnten sie sich kaum noch auf den Beinen halten. Vicky und Jup kletterten durch das Fenster und zogen Nick hinterher. Und da Jupiter keine Lust hatte, allein in einem Zimmer zu schlafen, holten die anderen ihr Bettzeug und schlugen ihr Lager auf dem Boden des Gästezimmers auf.

Flüsternd berichtete Nick, was er alles erlebt hatte. Mit jedem Satz kehrte ein Stück von Jupiters Erinnerung zurück. Er wusste nun wieder, was in der vergangenen Nacht geschehen war.

Sein schrecklichster Verdacht hatte sich bewahrheitet: Es gab den Werwolf wirklich.

Aber wer würde ihnen das glauben?

Endlich übermannte sie die Müdigkeit, und sie konnten die Augen nicht länger offen halten. Dann richtete sich Vicky noch einmal auf und sagte aufgeregt: „Jupiter … ich glaube, ich kenne einen der Kapuzenmänner.“

Monster wecken

Vicky war sich sicher, dass der Kapuzenmann niemand anders war als Herr Lenz. Sie glaubte, seine Armbanduhr erkannt zu haben. Als er das hörte, ließ sich Jup wieder auf das Kissen sinken. Er erinnerte sich an die Begegnung zwischen Tante Ilona und dem Mann. Die Tante schien erschrocken gewesen zu sein. Genauso erschrocken wie beim Wort „Werwolf".

Warum nur?

Jup beschloss, sie am Morgen danach zu fragen.

Das Frühstück wurde wieder zum Mittagessen. Der Gruselclub kam nämlich erst um zwölf Uhr aus dem Bett.

Tante Ilona schien von ihrem nächtlichen Ausflug nichts bemerkt zu haben und meinte nur: „Ihr habt schließlich Ferien, da könnt ihr auch länger schlafen."

Während des Essens setzte Jupiter immer wieder zu der Frage an, die ihm auf den Lippen brannte, ließ es dann aber doch bleiben. Beim Thema „Werwolf" war Tante Ilona sehr ausweichend gewesen. Er musste es diesmal schlau anstellen, wenn er eine Antwort bekommen wollte.

„Na, wie sieht's bei euch aus? Hilft mir jemand beim Unkrautjäten?", fragte die Tante etwas später.

Vicky, Nick und Jupiter verzogen das Gesicht. Dann aber überlegte Jup es sich anders und sagte schnell: „Ich mach's!"

Wenig später rutschte er, neben seiner Tante kniend, durch das Beet und zupfte das wuchernde Grünzeug aus, das dem Gemüse Licht und Wasser wegnahm.

„Irgendwie unheimlich, die Gegend hier", begann er mit argloser Stimme.

Tante Ilona richtete sich stöhnend auf und fragte: „Wie meinst du das?"

„Naja, hast du das Heulen in der Nacht nicht gehört? Wir konnten lange nicht einschlafen, so erschrocken sind wir", schwindelte Jup.

„Außerdem gibt es hier ein paar seltsame Leute.“

Die Tante kniff misstrauisch die Augen zusammen. „Worauf willst du hinaus?“

„Was ist mit diesem Herrn Lenz?“, platzte Jupiter heraus.

Ein Schwall eiskaltes Wasser hätte seine Tante nicht stärker zusammenzucken lassen können.

„Was soll mit ihm sein?“, sagte sie ausweichend.

Diesmal aber ließ Jupiter nicht locker. „Er betreibt Geisterbeschwörungen im Wald. An einer Stelle, in deren Nähe sich ein Stein mit dieser Inschrift befindet.“ Jup holte den Zettel aus der Tasche, auf dem sich der Abdruck der Steinoberfläche befand, und hielt ihn der Tante unter die Nase.

Sie zuckte abermals – ein Zeichen, dass sie die Fratze und die römische Jahreszahl kannte.

„Wie ... wie habt ihr das gefunden?“, wollte sie wissen.

Jupiter murmelte etwas von „Ausflug“ und „zufällig“. „Was weißt du darüber, Tante Ilona?“, bohrte er weiter.

Seufzend begann sie zu erzählen: „Es gibt eine alte Sage. Sie handelt von einem Moorgeist, der zum Leben erweckt werden kann. Im Jahre 1666 soll dies gelungen sein. Der Geist muss aus

Ton geformt und im Moor von Feuer getrocknet werden. Die Worte ‚Ena Tuata' sind eine Beschwörungsformel."

Nach einer kurzen Pause fuhr sie fort. „Edwin Lenz ist mit mir in die Schule gegangen. Er war von dieser Sage fasziniert und hat gelobt, den Moorgeist zu beschwören. Ich habe bei einem Versuch mitgemacht. Dabei bin ich aber in ein Schlammloch gefallen und um ein Haar ertrunken. Edwin hat mir nicht einmal geholfen. Er war nur mit seinem dämlichen Zauber beschäftigt."

„Seit damals bist du wohl nicht mehr sehr gut auf ihn zu sprechen, oder?" Jupiter sah die Tante fragend an.

„So ist es. Edwin soll nie aufgegeben haben. Noch heute versucht er angeblich, sein Monster zu wecken." Verächtlich schüttelte die Tante den Kopf.

„Und wenn es ihm gelingt?"

„Das wird nie passieren. Es handelt sich um ein Märchen, eine Sage."

Jupiter musste an das schleimige Wesen denken, das in der Nacht mit seinen spitzen Zähnen auf sie losgegangen war.

Sie hatten es sich nicht eingebildet.

„Hat sich dein Schulkamerad auch für Werwölfe interessiert?", wollte Jup noch wissen.

„Er war wild auf alles, was unheimlich und Furcht einflößend war“, erklärte die Tante.

Jup gelang es, ihr die Adresse von Herrn Lenz zu entlocken. Er wollte ihn später mit Vicky und Nick besuchen.

Dunkle Geheimnisse

Der Mann war erst nach Sonnenaufgang heimgekehrt. Noch immer juckte seine Haut von dem ungewohnten Fell. Am liebsten hätte er sich wie ein Bär an einem rauen Baumstamm gerieben.

Aber das traute er sich doch nicht. Wenn ihn jemand sehen würde!

In seiner Werwolfsgestalt war er tatsächlich entdeckt worden. Von diesem Jungen mit der Baseballkappe. Außerdem waren dann noch der zweite Junge und das Mädchen aufgetaucht. Und der andere kannte möglicherweise sein Gesicht. Dieser Gedanke beunruhigte ihn.

Was hatten diese Kinder mitten in der Nacht im Wald zu suchen?

Falls er ihnen noch einmal begegnete, würde es für sie schlimme Folgen haben.

Fünf blecherne Glockenschläge kamen vom Uhrturm der Stadt, als der Gruselclub vor dem Haus von Herrn Lenz eintraf. Das dunkelgraue Gebäude musste mindestens hundert Jahre alt sein. Eingangstür und Fenster waren schwarz gestrichen, das Dach mit dunkelgrauen Schindeln gedeckt.

„Wenn ich diese Bude ansehe, kommt mir gleich das Heulen", stellte Nick fest.

„Wieso? Findest du sie so hässlich?", wollte Vicky wissen.

„Nein, aber irgendwie traurig."

Jupiter konnte keine Klingel finden und griff deshalb nach dem Türklopfer. Es war ein Ring, der von einem Dämon im Maul gehalten wurde.

„Irgendwie erinnert mich die Fratze an das Moormonster", stellte Vicky fest.

Die Tür schabte knirschend und quietschend über den Boden, als sie aufgezogen wurde. In einem bodenlangen schwarzen Seidenmantel stand Herr Lenz vor ihnen und musterte sie von oben bis unten.

„Falls ihr für euer Pfadfinderheim sammelt, ich gebe nichts", sagte er schnell.

„Nein, nein, darum geht es nicht. Wir … wir

schreiben einen Bericht über diese Gegend, für unsere Schülerzeitung“, schwindelte Vicky. „Angeblich soll es rund um Lilienstadt auch unheimliche Plätze geben, und Sie könnten uns darüber mehr sagen“, fügte sie lächelnd hinzu.

Herr Lenz fühlte sich anscheinend geschmeichelt. „Kommt rein!“, forderte er sie auf und trat zur Seite.

In seinem Haus schien die Luft zu stehen, so heiß und staubig war es. Nick fasste sich hinter dem Rücken des Mannes an den Hals und verdrehte die Augen. Er konnte kaum atmen.

Alle Fenster waren geschlossen, die schwarzen Vorhänge zugezogen.

„Ich meide das Tageslicht“, erklärte Herr Lenz mit tiefer, geheimnisvoller Stimme.

„Wieso?“, fragte Jup alarmiert.

„Weil ich der Nacht den Vorzug gebe.“ Herr Lenz bot den dreien den Platz auf einem wuchtigen Sofa an. Der Stoff war mit Sternen und magischen Zeichen verziert. Vicky, Jupiter und Nick versanken fast in den mächtigen Kissen.

Ein bisschen erinnerte Herr Lenz an einen Märchenerzähler, als er von dem geheimnisvollen Moorwesen zu berichten begann. Er verschwieg auch nicht, dass er in der Nacht öfter Leute ins Moor führte und versuchte, das Wesen zu wecken.

Jup und Vicky warfen sich einen verwunderten Blick zu.

Öfter? Herr Lenz tat das öfter?

„Kostet das etwas?", wollte Vicky wissen.

„Natürlich, schließlich musste ich viele Jahre lang forschen, um das Geheimnis zu lüften!" Herr Lenz machte beim Reden ausholende Armbewegungen, als würde er etwas beschwören.

„Und was sagen Sie zu dem Werwolf, der durch den Wald geistert?", startete Jup einen Überraschungsangriff.

„Werwolf? Was für ein Werwolf? Ich kenne hier wirklich jedes dunkle Geheimnis, doch von einem Werwolf habe ich noch nie gehört", sagte Herr Lenz. Seine buschigen Augenbrauen schoben sich noch weiter zusammen, bis sie fast ein Horn bildeten. „Ihr wollt mich wohl verkohlen. Hinaus!", schrie er und deutete mit dem Zeigefinger zur Tür.

Als die drei nicht sofort aufsprangen, stürzte er sich auf sie und zerrte Nick und Jup am Kragen in die Höhe. Unsanft beförderte er den Gruselclub vor die Tür.

Auf dem Rückweg zu Tante Ilona fragte Vicky die Jungen, was sie von diesem Herrn Lenz hielten.

„Er ist ein Betrüger, der leichtgläubigen

Leuten das Geld aus der Tasche zieht", sagte Nick entschieden.

Die beiden anderen schauten ihn erstaunt und erwartungsvoll an.

Nick berichtete, dass er beim Betreten des Wohnzimmers hinter eine angelehnte Schranktür gelugt hatte. In dem Schrank waren mehrere Moormonster-Attrappen versteckt.

Betreten verboten

„Wisst ihr, was ich glaube?“, sagte Jupiter. „Der Typ hat diese Monster alle selbst gebaut und steuert sie unter der Kutte fern. Er lenkt sie absichtlich in die Schlammlöcher, damit niemand den Schwindel durchschaut.“

„Und der Werwolf? Ich habe ihn doch gesehen!“, beharrte Nick.

„Ich habe ein Fell gesehen und einen heulenden Wolfskopf“, murmelte Jup.

„Vielleicht ist das auch nur ein Schwindel“, vermutete Vicky.

Vor Jupiters Augen tauchten die Erlebnisse bei der Ruine auf. Nein, nach einem billigen Trick hatte der Wolfskopf nicht ausgesehen.

„Ob die Ruine das Versteck des Werwolfs ist?“, überlegte Jupiter laut. Sein Vater behauptete, es müsse sich um den Letzten dieser Art handeln. Von Werwölfen habe er seit Jahrzehnten nichts mehr gehört.

„Wenn wir schon unterwegs sind, könnten wir doch einmal dort vorbeischauen“, schlug Vicky vor.

Die anderen waren einverstanden.

Bei Tag erschien ihnen der Weg durch den Wald viel kürzer. Sie überquerten die Wiese und liefen den gewundenen Weg hinauf zu dem alten Gemäuer.

„Was das wohl mal war?“, fragte sich Nick.

„Wahrscheinlich eine Burg oder ein Schloss“, antwortete Vicky.

Der Innenhof, in dem Jupiter den Mann mit dem Wolfsfell beobachtet hatte, war leer. Es gab keine Spuren.

„Hier war ein Mensch … der Werwolf hat ihn …“ Nick konnte nicht weitersprechen. Sein Hals war wie abgeschnürt.

Jupiter nickte ernst. Werwölfe machten Jagd auf Menschen. Unerbittlich. Sein Vater hatte sogar von Werwölfen gehört, die ihr Unwesen auf Friedhöfen trieben und dort Gräber schändeten, um ihren Hunger zu stillen. Allein der Gedanke daran drehte Jup den Magen um.

„Habt ihr übrigens das Schild am Eingang der Ruine gesehen?", meldete sich Vicky.

„Welches Schild?", fragte Nick.

„Betreten strengstens verboten!"

„Absperrungen gibt es keine", meinte Jup. Inzwischen hatten sie einen Raum ohne Dach durchquert, der früher vielleicht ein Festsaal gewesen war. Sie kamen vor einer Holztür an, die dick und gar nicht so alt aussah. Jupiter schob den Riegel in die Höhe und zog die Tür auf.

Dahinter lag ein stockdunkler Raum. Jupiter machte einen Schritt hinein und wartete darauf, dass sich seine Augen an die Finsternis gewöhnten. Nick und Vicky folgten ihm.

Schweigend standen sie da und versuchten zu erkennen, was sich in diesem Raum befand. Im Unterschied zu den anderen Zimmern hatte er eine Decke und dicke Wände, die noch alle intakt waren. Fenster gab es nicht.

Ruummmsss! Hinter ihnen knallte die Tür zu. Außen fiel der Riegel herunter. Die drei rüttelten verzweifelt von innen an dem Holzknauf, doch die Tür ließ sich nicht mehr öffnen.

„Verdammt!", schimpfte Vicky. „Wir sind eingeschlossen. Wie kommen wir hier wieder raus?"

„Gute Frage", knurrte Jupiter. Er war wütend, weil sie nicht auf die Tür geachtet hatten.

War sie von einem Windstoß zugeworfen worden? Oder hatte sie jemand zugemacht?

Nick trommelte mit den Fäusten dagegen und schrie: „Aufmachen! Lasst uns raus!“

Vicky stemmte die Hände in die Seite und fauchte: „Lass das, Knallkopf. Wer soll uns hören?“

„Hast du eine bessere Idee, Frau Superschlau?“, zischte Nick zurück.

Die Antwort blieb Vicky ihm schuldig.

Die Hände nach vorn gestreckt, tappte Jupiter durch den Raum. Er versuchte herauszufinden, was sich darin befand. Seine Finger trafen auf Metall. Es handelte sich um lange, gebogene, scharfe Klingen.

Erschrocken zuckte er zurück.

Nick und Vicky hörten ihn schnaufen und wollten wissen, was los war.

„Kommt einmal her!“, forderte Jup sie auf.

Rache

Der Mann saß in seinem Wohnzimmer und hielt das alte, schwarze Telefon auf den Knien. Einige Male schon hatte er zu wählen begonnen, dann aber wieder aufgelegt. Nun nahm er allen Mut zusammen und wählte die Nummer abermals.

Am anderen Ende meldete sich eine tiefe Männerstimme.

Der Mann verstellte die eigene Stimme und flüsterte so hoch wie möglich: „Ich habe wichtige Informationen für Sie. Kommen Sie um elf Uhr in die Ruine, dann übergebe ich sie Ihnen."

„Wer ist da?", wollte der andere wissen.

„Kommen Sie um elf, dann erfahren Sie es",

versprach der Mann. „Wenn Sie aber nicht erscheinen, so bedeutet das für Lilienstadt eine Katastrophe. Falls Sie die Polizei einschalten, wird ebenfalls ein Unglück geschehen. Schlimmer, als Sie es sich in Ihren schlimmsten Albträumen vorstellen können."

Der andere wurde unsicher. „Um welche Information handelt es sich?"

„Das erfahren Sie früh genug. Werden Sie erscheinen?"

„Ja!"

Der Mann legte auf. Er warf den Kopf nach hinten und begann wiehernd zu lachen. Sein Plan würde klappen. Er nahm nun Rache am Bürgermeister und der ganzen Stadt.

Aus dem Schrank holte er wieder die Tasche und öffnete sie. Liebevoll streichelte er über das stinkende Fell und den Wolfsschädel, die darin lagen. Er hatte beides auf einem Flohmarkt in England erstanden. Mehr durch Zufall, denn eigentlich war er nur an der Tasche interessiert gewesen. Doch als er das Fell auf den Müll geworfen hatte, war es in der Nacht geschehen: Der Schädel hatte zu heulen begonnen. So war er auf das Geheimnis des Fells gestoßen.

Nun war es Zeit zu gehen. Mit einem Ruck schloss er die Tasche wieder und verließ das Haus.

In der Ruine kauerten die drei vom Gruselclub mit hängenden Schultern in der stockfinsteren Kammer.

Draußen war es Nacht geworden. Die Grillen hatten ihr Zirpkonzert wieder begonnen. Durch die Ritzen der Holztür fiel das Mondlicht in dünnen Strahlen, die wie blitzende Nadeln aussahen, in den Raum.

„Ich habe Durst“, meldete sich Nick.

„Pech“, knurrte Vicky.

„Hat jemand von euch etwas zu essen eingesteckt?“, fragte Jupiter.

Vicky besaß noch genau drei Kaugummis, die sie an alle verteilte.

„Ich will hier raus!“, heulte Nick auf.

„Reg dich ab!“, brummte seine Schwester.

Nick stand auf und taumelte auf die Tür zu.

Der Mann traf Viertel vor elf in der Ruine ein. Im Innenhof stellte er die Tasche ab und holte eine verfilzte alte Decke heraus. Sie war verklebt und stank mindestens so schrecklich wie das Wolfsfell.

Damals, in der Nacht, als Jupiter dem Mann begegnet war, hatte er ihm diese Decke über den Kopf geworfen. Heute Nacht aber breitete er sie auf dem Boden aus und legte das Fell und den Wolfsschädel darauf.

Er war bereit. Der Bürgermeister konnte kommen.

Poch-poch-poch-poch. Aus dem hinteren Teil der Ruine kam ein dumpfes Klopfen.

Was war das? Was hatte das zu bedeuten? Vielleicht die Polizei? Versteckte sich dort jemand?

Der Mann kniff wütend die Augen zusammen. Sollte sich sein Verdacht bewahrheiten, so würde er Fell und Schädel in den Brunnen werfen, aus dem die meisten Bewohner der Stadt ihr Wasser bekamen. Es würde ihnen nicht gut bekommen. Doch er hatte den Bürgermeister gewarnt.

Wieder hörte er das Klopfen. Der Mann ging nachsehen.

Nick stand an der Tür und schlug mit der Faust dagegen. Seine Schläge waren müde und schwach.

„Hör auf!", fuhr ihn Vicky an. „Es hat keinen Sinn! Wer soll uns hören?"

Nick aber machte weiter. Er konnte nicht nur still sitzen.

Draußen knirschten Schritte.

„Hallo, wir sind eingeschlossen. Aufmachen, bitte, aufmachen!", rief Nick aufgeregt.

Nichts geschah.

„Bitte, lassen Sie uns raus. Wir sind hier eingeschlossen worden!“, flehte Nick.

Jupiter und Vicky kamen ihm zu Hilfe und riefen mit.

Die Tür blieb zu.

„Aber es war jemand draußen, ich habe es gehört!“, beteuerte Nick.

Jupiter holte sein Taschenmesser raus und sagte: „Mensch, darauf hätte ich auch früher kommen können.“ Er steckte die lange Klinge durch eine Ritze zwischen den Brettern und schob damit den Riegel in die Höhe. Der Schatten des Holzverschlusses, der erst im Mondlicht sichtbar geworden war, hatte ihn auf die Idee gebracht.

Die Tür schwang nach außen, und die drei taumelten in die Nacht hinaus. Erleichtert atmeten sie auf. Das Mondlicht fiel in den Raum, in dem sie gefangen gewesen waren, und ließ die gebogenen Klingen blitzen, die Jupiter vorhin ertastet hatte.

Es waren Sensen. Mindestens zehn Stück. Wie kamen die hierher?

„Hier draußen ist niemand, du musst dich vorhin doch getäuscht haben“, beharrte Vicky.

Der Raum ohne Dach war leer.

„Da war jemand“, sagte Nick immer wieder.

„Vergiss es! Hauptsache, wir sind draußen“, meinte Jupiter.

Die drei tasteten sich an der Wand entlang Richtung Ausgang. Sie hatten keine Taschenlampe dabei und mussten deshalb sehr aufpassen, nicht über herabgestürzte Mauerteile zu stolpern.

Endlich hatten sie den Innenhof erreicht. Gleich würden sie die Ruine verlassen. Tante Ilona wartete bestimmt schon voll Sorge daheim.

Im Schein des Mondes erkannte Nick, dass jemand auf dem Boden kauerte. Er stieß Vicky mit dem Ellbogen an und machte sie darauf aufmerksam.

Vicky wollte Jupiter warnen, aber es war zu spät. Ihr Cousin war weitergegangen, übersah die Gestalt auf dem Boden, stieß dagegen, erschrak, verlor das Gleichgewicht und stürzte.

Die Gestalt war der Mann, der soeben die letzten Vorbereitungen getroffen hatte. Mit einem gurgelnden Schrei schoss er in die Höhe. Als er Jupiter sah, stieß er wütende Flüche aus und griff nach der Decke, um sie über ihn zu werfen.

Durch die Luft flog aber das Wolfsfell.

Die Verwandlung

Zu spät hatte der Mann bemerkt, dass er das Fell statt der Decke gepackt hatte. Es fiel auf Jup herab und landete mit einem schmatzenden Geräusch auf ihm.

Nick und Vicky wollten ihm zu Hilfe kommen, bekamen aber die Füße nicht vom Fleck. Ihre Schuhe waren wie angewachsen.

Jupiter hatte etwas Dunkles auf sich zukommen sehen und sich geduckt. Das Fell war genau auf seinen Rücken gefallen. Es war nicht schwer, und Jup richtete sich auf, um es wieder abzuschütteln.

Doch es klebte fest.

Mit den Händen fasste Jupiter nach hinten

und zerrte daran. Vergeblich. Er spürte ein heftiges Kribbeln und Brennen auf dem Rücken und hatte das Gefühl, als würde sich etwas Großes an ihm festsaugen.

Abermals riss er an den zottigen Haaren, ließ es aber im nächsten Moment wieder bleiben. Es tat so weh, als hätte ihn jemand an den Haaren gezogen.

Das Kribbeln und Brennen breitete sich zuerst über seinen Rücken, dann über die Schultern und schließlich über die Arme aus.

Jupiter rang nach Luft. Er klappte den Mund auf und zu, brachte aber keinen Ton heraus.

Das Wolfsfell wucherte so schnell, dass man zusehen konnte, über Jupiters nackte Arme und umschloss sie wie die Ärmel einer Jacke.

Nach dem ersten Schreck versuchte Jup herauszuschlüpfen. Doch es ging nicht. Das Fell schien angewachsen zu sein.

Immer weiter kroch es voran, über die Handrücken und die Handflächen bis zu den Fingerspitzen. Kaum war es dort angekommen, schossen die Nägel aus den Fingern, wurden lang und spitz wie die Krallen eines Raubtieres.

Keuchend blickte Jupiter an sich hinab. Sein T-Shirt und seine kurzen Hosen waren verschwunden. Er war bis zu den Zehen behaart.

Der Wolfskopf lag noch immer auf der Decke neben dem Mann.

Mit einem zischenden Laut klappten die blutunterlaufenen Augen auf und glotzten Jupiter an. Zähne wurden gefletscht, und ein dumpfes Knurren drang aus dem Maul.

Von ganz allein schnellte der Schädel in die Höhe und stülpte sich über Jupiters Kopf. Zuerst fühlte sich Jup wie unter einer Maske. Dann aber verschmolz sein Mund mit dem Wolfsrachen, und er sah durch die Wolfsaugen.

Ein Geruch stieg ihm in die Nase, der ihm das Wasser im Maul zusammenlaufen ließ. Er schnupperte heftig und drehte den Kopf in die Richtung, aus der der Duft geweht kam.

„Nein, nicht!", hörte er Vicky und Nick stammeln. Sie streckten die Hände vor und taumelten nach hinten.

Der Geruch kam von ihnen.

Es bestand kein Zweifel mehr. Jupiter war ein Werwolf.

Nein! Das wollte er nicht sein! Er öffnete das Maul, um seinen Freunden etwas zu sagen, doch es kam kein Wort heraus. Stattdessen entfuhr ihm das schaurige Heulen, das sie in den vergangenen Nächten gehört hatten. Weit schallte es vom Hügel über die Wiese und den Wald.

Schreiend ergriffen Vicky und Nick die Flucht. Auch der Unbekannte wich entsetzt zurück.

Ein Mann tauchte im Eingang der Ruine auf.

„Was ist hier los?“, fragte er forsch. Er sah den Werwolf und meinte mit schiefem Grinsen: „Was soll die Maskerade?“

Unerschrocken trat er ein und bemerkte den Mann, der gegen die Wand gepresst stand. Er leuchtete ihm mit einer Taschenlampe ins Gesicht.

„Herr Müllenburg, was machen Sie denn da? Haben Sie vorhin bei mir angerufen?“

Jetzt erkannte Nick den Mann wieder. Es war der komische Typ aus dem Schwimmbad. Hatte Tante Ilona nicht erzählt, er sei Dichter?

Müllenburg schlug die Faust in die flache Hand und schnaubte wütend: „Sie … Sie hätten das Fell über den Kopf bekommen sollen, Herr Bürgermeister. Sie sollten von nun an als Werwolf durch die Wälder streifen und Ihre eigene Stadt in Angst und Schrecken versetzen. Niemand sollte sich mehr auf die Straßen wagen.“

Der Bürgermeister runzelte die Stirn. „Ist Ihnen nicht gut, Herr Müllenburg?“

Der Dichter bebte vor Zorn. „Sie haben es abgelehnt, mir am Hauptplatz ein Denkmal zu setzen! Dafür wollte ich mich rächen.“

„Herr Müllenburg, das stimmt doch gar nicht“, erklärte der Bürgermeister ruhig. „Sie bekommen Ihr Denkmal. Aber nicht im Hauptplatz. Und jetzt sagen Sie Ihrem Kumpel, er soll diese lächerliche Maske abnehmen.“

„Abnehmen? Das ist unmöglich. Wer das Werwolfsfell in einer normalen Nacht anlegt, kann es am Morgen wieder verlassen. Wer es aber bei Vollmond anlegt, der bleibt für immer ein Werwolf!“, schrie Herr Müllenburg.

Jupiter heulte gequält auf.

„Schluss jetzt mit dem Theater!“, sagte der Bürgermeister streng. Er machte eine Handbewegung nach hinten, woraufhin sofort zwei Polizisten auftauchten, die zu den Waffen griffen.

„Nicht schießen! Das ist unser Freund!“, riefen Nick und Vicky.

Der Werwolf öffnete das Maul und stieß ein dröhnendes Brüllen aus. Es war so laut und schrecklich, dass die Polizisten, der Bürgermeister und Herr Müllenburg erschrocken zurücktaumelten.

Mit großen Sätzen hetzte Jupiter davon und verschwand in der Dunkelheit.

Er konnte noch immer als Jup denken und fühlen. Er war ein Mensch. Doch die Wildheit, die Grausamkeit und der Blutdurst des

Werwolfs ergriffen mehr und mehr Besitz von ihm.

Schon hielt er wieder die Nase in die kühle Abendluft und sog sie heftig ein. Er roch Menschen. Viele Menschen. Und sie waren nicht weit weg.

Nein, nein! So durfte er nicht denken.

Jupiter sah zum Mond hinauf. Er sah voll aus. Aber war er es auch? Vielleicht war Vollmond bereits einen Tag her? Dann gäbe es noch Hoffnung für ihn, wieder ein Mensch zu werden.

Die Jagd

In der Ruine fanden die Polizisten und der Bürgermeister langsam ihre Fassung wieder.

„Das … das scheint tatsächlich kein Kostüm zu sein“, murmelte der Bürgermeister.

„Nein, das ist ein echter Werwolf!“, versicherten Vicky und Nick. „Aber …“ Weiter kamen sie nicht.

„Sofort nach ihm suchen. Er ist gefährlich!“, rief der Bürgermeister den Polizisten zu. Diese tippten sich an die Kappen und liefen los.

„Nein, nicht! Im Wolfsfell steckt unser Cousin Jupiter!“, riefen Vicky und Nick, doch keiner schien sie zu hören. Der Bürgermeister suchte eiligst das Weite.

„Herr Müllenburg, wie kann man Jup …?" Nick brach im Satz ab. Er hatte fragen wollen, wie Jupiter geholfen werden konnte. Aber Herr Müllenburg war wie vom Erdboden verschluckt.

Fragend sahen die Geschwister einander an. Und was jetzt?

Rastlos strich Jupiter durch den Wald. Meistens lief er auf allen vieren, manchmal aber richtete er sich auf und ging auf zwei Beinen.

Er kletterte auf einen Hügel und blickte zu den Lichtern der Stadt hinunter. Von ganz allein wanderte sein Kopf in die Höhe zum Mond. Sein Maul formte sich zu einem Trichter, und er wollte heulen.

Unten auf der Straße leuchtete ein blaues, blinkendes Licht auf. Dahinter kam ein zweites, dann ein drittes und ein viertes. Mehrere Polizeiwagen hielten. Leute stiegen aus.

Jup klappte das Maul wieder zu und spürte, wie sich seine großen Ohren nach vorn drehten. Trotz der großen Entfernung zur Straße konnte er jedes Wort verstehen, das dort unten gesprochen wurde.

„Er muss hier irgendwo sein. Wir kämmen den Wald nach ihm durch!", rief eine Männerstimme.

„Er ist gefährlich. Kein Risiko eingehen!", warnte eine andere.

Gewehre wurden durchgeladen. „Wölfe können wir hier nicht gebrauchen", sagte ein dritter.

Jupiter erschauderte. Die Jagd auf ihn war eröffnet. Aber er war kein Werwolf! Er war Jupiter Katz, der in diesem ekeligen, stinkenden Wolfsfell gefangen war.

Verzweifelt suchte Jup nach einem Reißverschluss oder einer Naht, zog und zerrte und riss an seinem Wolfskopf.

Aussichtslos. Er bekam weder Fell noch Kopf ab. Beides schien angewachsen zu sein.

Er musste weg. Er musste sich verstecken.

Für immer! Für immer! Für immer!, hämmerte es in seinem Kopf. Er war nun für immer ein Werwolf. Dazu verdammt, sich in jeder Vollmondnacht in die reißende Bestie zu verwandeln.

Wie lange würde er seinen Hunger und Durst noch unterdrücken können?

Vielleicht fand die Verwandlung sogar jede Nacht statt!

Von unten kamen Schritte. Hunde bellten. Er hörte sie durch das Dickicht laufen, die Nasen knapp über dem Boden.

Sie witterten seine Fährte. Sie waren ihm auf der Spur.

So schnell er konnte, jagte er davon. Zweige schlugen ihm ins Gesicht, Dornen verhakten sich im Pelz und rissen ihm Haare aus. Ein Ast schlug von oben auf seinen Kopf, und spitze Steine bohrten sich in seine Pfoten.

Das Kläffen und Hecheln der Hunde wurde leiser, Jupiter gewann an Vorsprung.

Er hetzte den Hügel hinunter und durch den Wald. Zwischen den Bäumen kam das Licht der Straßenlampen zum Vorschein. Ein vertrauter Geruch stieg ihm in die Nase.

Tante Ilona! Jupiter hob den Kopf und sah ihr Haus. Es brannte kein Licht.

Aber da war noch ein Geruch. Ein fremder Geruch. Auch er kam aus dem Haus. Was war das?

Als er näher kam, sah er, dass das Küchenfenster im Erdgeschoss eingeschlagen war. Ein Einbrecher! Es war ein Einbrecher im Haus!

Der Biss

Jupiter näherte sich vorsichtig dem Haus. Sein Atem ging stoßweise. Das Laufen hatte ihn erhitzt, und er hechelte wie ein Hund.

Der Geschmack in seinem Mund war schal, als hätte er auf altem Leder gekaut. Außerdem spürte er, wie seine Kräfte nachließen. Eine bleierne Müdigkeit überkam ihn.

Aus dem Haus kam heftiges Klappern und Klirren. Jemand durchwühlte alle Schränke.

Für einen Augenblick tauchte am Fenster ein Schatten auf. Das Licht des Mondes fiel auf das Gesicht eines Mannes, der eine schwarze Strumpfmaske nach oben geschoben hatte.

Es war der falsche Paketbote. Er hatte neulich

wohl ausgekundschaftet, wo er am besten einbrechen konnte. Mit zwei vollen Säcken stieg er nun aus dem Fenster und wollte fliehen.

Jupiter war mit zwei Sätzen bei ihm. Er fletschte die Zähne und riss das Maul auf. Heißer, stinkender Atem strömte heraus.

Der Einbrecher starrte ihn mit schreckensgeweiteten Augen an und rang nach Luft. Jupiter konnte nicht anders. Er hatte keine Kontrolle über sich selbst. Sein Kopf fuhr in die Höhe, die gelben Eckzähne richteten sich auf den Dieb. Die Klauen des Werwolfs fassten nach seinem schwarzen Pulli und zerrten ihn zu sich heran.

„Hilfe!", krächzte der Mann.

Es war zu spät.

Der Werwolf biss zu.

Doch der Biss ging ins Leere. Der Einbrecher war zur Seite gesprungen und hatte sich dem Griff des Werwolfes entreißen können.

Mit hungrigem Knurren jagte ihm Jupiter hinterher.

Nein, er wollte das nicht. Ihn ekelte, aber er konnte nicht anders. Das Werwolfsfell hatte vollständig von ihm Besitz ergriffen. Der Werwolf war in ihm erwacht und kontrollierte ihn.

„Nicht, nicht!", stieß der Einbrecher aus und stolperte weiter. Ein kleiner Sprung genügte, und Jupiter war bei ihm, riss ihn in die Höhe und durchbohrte ihn mit seinem glühenden Blick.

Abermals brüllte er. Diesmal würde der Biss sitzen. Diesmal ließ er nicht mehr los. Das Maul klappte weit auf. Der Einbrecher blickte in einen blutroten Rachen.

„Nein, tu das nicht!“, brüllte jemand vom Zaun.

Mit wütendem Gebrüll drehte Jup den Kopf.

Am Zaun standen Vicky und Nick.

„Nein, das darfst du nicht machen. Nicht!“, schrien sie.

Jup stieß den Einbrecher zu Boden und nahm sich dafür seinen Cousin und seine Cousine vor. Die Klauen griffen wie Roboterarme nach ihnen und zerrten sie in die Höhe, sodass ihre Füße über dem Boden zappelten.

„Aaaaaaa!“, brüllten die beiden entsetzt.

Ist der Fluch gebannt?

„Hör auf, Jupiter!“, schrie Vicky.

Ihr war eingefallen, was Jup ihnen erzählt hatte: dass man den Fluch brechen konnte, wenn man den echten Namen des Verwandelten rief.

„Jupiter Katz, du bist kein Werwolf!“, half Nick mit.

Der Werwolf ließ die Arme sinken. Nick und Vicky fielen rücklings zu Boden. Sie sprangen sofort auf und flüchteten hinter ein geparktes Auto.

So unauffällig wie möglich machte sich der Einbrecher aus dem Staub. Die Säcke mit der Beute blieben im Gras liegen.

Der Werwolf taumelte durch den Garten und

hielt sich den Kopf, als hätte er schreckliche Schmerzen. Es sah aus, als würde er von unsichtbaren Kräften hin und her geworfen.

Er kämpfte, gab dabei schaurige Laute von sich und wand sich auf dem Boden.

Aus der Entfernung verfolgten Nick und Vicky Jups Kampf.

„Was … was ist jetzt mit ihm?“, fragte Nick leise.

Vicky, die sonst immer eine Antwort wusste, zuckte mit den Schultern.

„Und wenn es nicht gewirkt hat?“, erkundigte sich Nick. „Brauchen wir dann eine Silberkugel?“

„Es muss einfach gewirkt haben!“, murmelte Vicky. „Es muss!“

„Stimmt es, dass Werwölfe ihre Haut von innen nach außen stülpen können, um ihr Fell am Tag zu verbergen?“, wollte Nick noch wissen.

Vicky nickte stumm.

Regungslos war der Werwolf liegen geblieben. Es sah aus, als würde er schlafen.

Noch zögerten die anderen beiden, näher zu kommen. Vielleicht war es auch nur eine List, und der Werwolf sprang auf, sobald er sie greifen konnte.

„Sieh nur!“ Nick deutete auf die zusammengekrümmte, dunkle Gestalt.

So schnell, wie es gewachsen war, schien das Werwolfsfell nun wieder zu schrumpfen. Es zog sich zusammen und gab Stück für Stück die Hände, die Arme und schließlich die Schultern frei.

Der Kopf fiel wie ein Helm ab und sank in sich zusammen wie ein Gummitier, aus dem jemand die Luft ausließ.

Unter dem Fell lag Jupiter.

Da sich Vicky und Nick noch immer nicht in seine Nähe wagten, packte Nick den Gartenschlauch, drehte auf und richtete den Wasserstrahl auf seinen Cousin.

Jup schoss prustend in die Höhe.

„Spinnst du? Was soll das?“, schnaubte er und streckte schützend die Hände nach vorn.

„Geschafft! Du bist befreit!“, jubelten Vicky und Nick, vergaßen dabei aber, das Wasser abzudrehen.

„He, aufhören!“, protestierte Jupiter verzweifelt. Er war von Kopf bis Fuß triefend nass.

„Leute, wir haben noch etwas zu erledigen. Und zwar sofort!“, fiel Nick ein.

„Ja, leg endlich den Schlauch weg!“, schnaubte Jup.

„Nein, ich meine etwas anderes“, rief Nick. „Wir müssen das Fell verbrennen, und zwar schnell!“

Die Turmuhr der Stadt schlug dreimal.

„Bereits drei Uhr früh", stellte Vicky überrascht fest.

In der Mitte des Rasens hatten sie aus Steinen einen Kreis gelegt, Holz aufgeschichtet und ein Lagerfeuer entzündet. Darauf hatten sie das Fell und den Schädel verbrannt. Zischend waren grüne Flammen in die Höhe geschossen. Nur noch ein Häufchen Asche war übrig geblieben.

Durch die nächtliche Gasse kamen Schritte. Das Gartentor quietschte.

„Tante Ilona!", riefen die drei. Sie hatten gedacht, dass ihre Tante im Haus war und tief und fest schlief.

„Kinder! Wo wart ihr denn? Ich habe euch überall gesucht. In der Stadt hat mir ein Polizist von Kindern und einem Wolf in der Ruine erzählt. Ich hatte solche Angst, dass ihr das sein könntet!", berichtete die Tante händeringend.

„Was? Nein, das waren wir bestimmt nicht!", sagte Vicky unschuldig.

„Wir haben nur einen Einbrecher verjagt!", meldete Jup stolz und überreichte ihr die Säcke mit der Diebsbeute.

„Was?!", rief die Tante und wurde ganz weiß im Gesicht. „Das müsst ihr mir gleich alles genauer erzählen. Jetzt will ich erst mal wissen, wo ihr so lange gesteckt habt.

„Wenn wir es dir sagen, wirst du es nicht glauben“, meinte Vicky. „Vielleicht verschieben wir das Erzählen besser auf morgen!“

Die Tante war einverstanden.

Erleichtert und sehr müde sanken die drei in ihre Betten. Sie waren bald eingeschlafen.

Was sie nicht ahnten: Neben dem glimmenden Aschehäufchen auf dem Rasen lag noch immer ein kleines Büschel Werwolfshaare. Sie hatten es beim Verbrennen übersehen …

Als Tante Ilona und der Gruselclub am nächsten Morgen im Garten frühstücken, war das Büschel nicht mehr da. Auf dem Ast des Kirschbaums aber saß ein Eichhörnchen mit struppigem Pelz und sah ihnen aus funkelnden Augen grimmig zu.

TIEF UNTER DER SCHULE ...

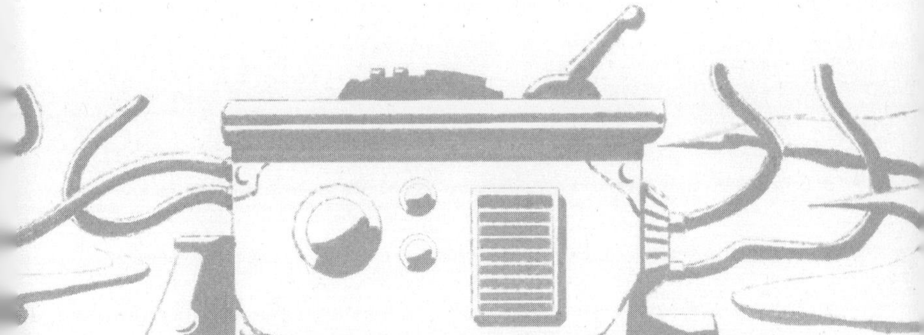

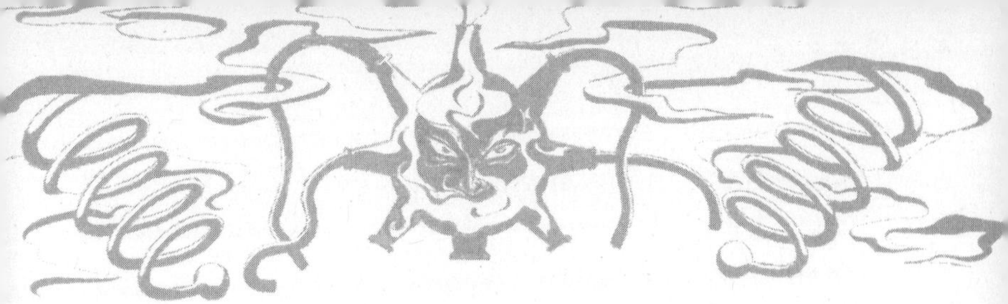

Blitze in Bad Birnbach

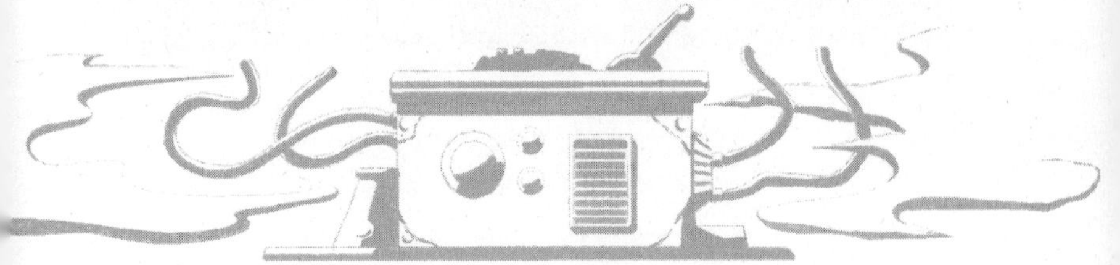

Jup war sauer. Stinksauer. Sein Vater war mit ihm für ein halbes Jahr nach Bad Birnbach übergesiedelt. Professor Katz hatte nämlich einen großen Auftrag angenommen: Er sollte eine Ausstellung über Hexen gestalten.

Bad Birnbach war ein verschlafenes Nest, in dem es nicht einmal ein Kino gab. Jupiter hatte den Ort deshalb gleich St. Einöd an der Langweil getauft.

Das Haus, das er mit seinem Vater bezog, war eine Bruchbude. In jedem Zimmer roch es nach Kuhstall. Gleich in der ersten Nacht fiel der Strom aus, und deshalb schaltete sich am Morgen auch der Radiowecker nicht ein.

Jup wurde erst ein paar Minuten vor acht Uhr munter. Um acht musste er aber schon in der neuen Schule sein! Er schlüpfte hastig in die

Klamotten, schwang sich auf sein Fahrrad und raste los. Am ersten Schultag zu spät zu kommen, war das Letzte, was er wollte.

Es war nicht so leicht, die Schule zu erreichen, denn fast jede Straße im Ort war aufgerissen und abgesperrt. Überall verkündeten große Schilder:

Wir legen für Sie
neue Leitungen

Um halb neun hatte Jup es geschafft. Er stand vor einem uralten Backsteinbau mit Unmengen an Türmchen, Simsen, Bogen, Schnörkeln und Ähnlichem. Der größte Teil der Fassade war von Efeu überwuchert.

Als Jup sein Fahrrad abschloss, zuckte hinter ihm ein greller Blitz und ein scharfes Zischen ertönte. Erschrocken drehte er sich um, konnte aber nichts sehen.

Kurz darauf gab es im Keller der Schule eine Explosion. Jup spürte den Gehsteig unter seinen Füßen beben.

Was war hier los?

Und dann ging ihm ein Schrei durch Mark und Bein.

Panisch drehte Jup sich einmal im Kreis. Doch es war weit und breit niemand zu sehen.

Ein heftiger Windstoß fegte durch die Gasse und wirbelte ihm eine Handvoll trockenes, modriges Laub ins Gesicht.

Geh, solange du noch kannst!

„Wilhelm, was ist geschehen?“, fragte eine Stimme.

„Bin erschrocken, sonst nichts. Verdammte Kabel! Habe keine Ahnung, was die hier zu suchen haben!“, hörte Jup eine zweite Stimme.

Und dann begriff er endlich, woher die Stimmen kamen. Er machte ein paar Schritte nach vorn, bis er vor einem Graben stand, der mindestens drei Meter tief war. Darin sah er zwei Straßenarbeiter, die mit Kabeln und Rohren kämpften.

„Dieses braune Kabel ist auf keinem Plan eingezeichnet“, sagte einer der beiden. „Es war durchgeschmolzen, aber es leitet noch Strom. Hab es geflickt. Weiß aber nicht, was passiert.“

„Abwarten, Wilhelm, wird sich bestimmt bald einer melden, bei dem plötzlich wieder das Licht brennt“, beruhigte ihn der andere.

Jup drehte sich um und ging auf das Holztor der Schule zu. Er wollte es öffnen, doch es war so schwer, dass er sich mit seinem ganzen Gewicht dagegenwerfen musste. Als es sich endlich bewegte, knarrte es, als würde es im nächsten Augenblick auseinanderfallen.

Jup betrat eine düstere Halle. Der Geruch von feuchter Erde, nasser Kleidung, alten Koffern und Krankenhaus hing in der Luft.

Das Tor flog hinter ihm mit einem Knall wieder ins Schloss. Der Krach hallte als Echo von den Wänden.

Jupiters Augen mussten sich erst an die Düsternis der Halle gewöhnen.

Links und rechts waren die Wände mit Ölbildern gepflastert. Sie zeigten ernst blickende Herren, alle im dunklen oder im grauen Anzug. Auf Messingschildern stand darunter, dass es sich um die ehrenwerten Direktoren der Schule handelte und von wann bis wann sie hier im Amt gewesen waren.

Ölbilder der Direktoren! Wo gibt es so etwas außer in Bad Birnbach?, dachte Jup.

Vor seinen Augen begannen sich die Gesichter zu scheußlichen Fratzen zu verziehen.

Jup schüttelte den Kopf wie ein nasser Hund. Er sah schon überall Gespenster. Als er einen neuerlichen Blick auf die Bilder warf, zeigten sie nur noch die ernsten Mienen der Direktoren.

Über drei Stufen gelangte er in einen langen Gang mit Türen zu den Klassenzimmern, die alle geschlossen waren. Dahinter waren hier und dort Stimmen von Lehrern zu hören.

Eine Tür wurde aufgerissen, und ein Mädchen stürmte heraus. Es rannte an Jup vorbei, blieb aber ein paar Meter weiter stehen, drehte sich um und musterte ihn von oben bis unten.

Das Mädchen war einen Kopf kleiner als er und trug das schwarze Haar zu einem Pferdeschwanz gebunden.

„Du bist wohl der Neue?“, fragte sie mit ungewöhnlich tiefer Stimme.

Jup nickte.

Ihre Augen schienen zu glühen. Ihm war, als durchbohrte sie ihn mit ihrem Blick.

„Geh wieder, solange du noch kannst!“, warnte sie ihn. Ihre Stimme klang dabei gehetzt und fast flüsternd. „Geh wieder, solange du hier noch rauskommst. Schon in ein paar Stunden kann es zu spät sein. Der Direktor hat schon nach dir gefragt. Er kann es kaum erwarten, bis du ihm endlich in die Hände fällst.“

Plötzlich starrte sie auf einen Punkt hinter ihm. Sie verstummte, drehte sich um und rannte davon.

Noch bevor Jupiter nachsehen konnte, was hinter ihm war, hatte sich eine Hand auf seine Schulter gelegt. Er spürte die Kälte, die von ihr ausging. Die Finger berührten seine Haut. Sie schienen trocken wie Pergament und kalt wie die Hand eines Toten zu sein.

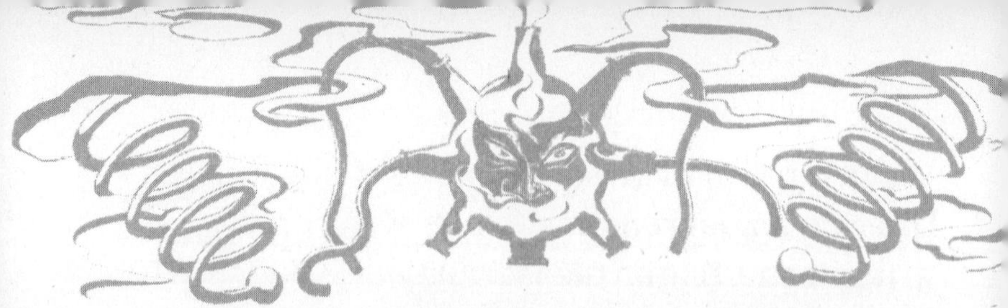

Das schwarze Büro

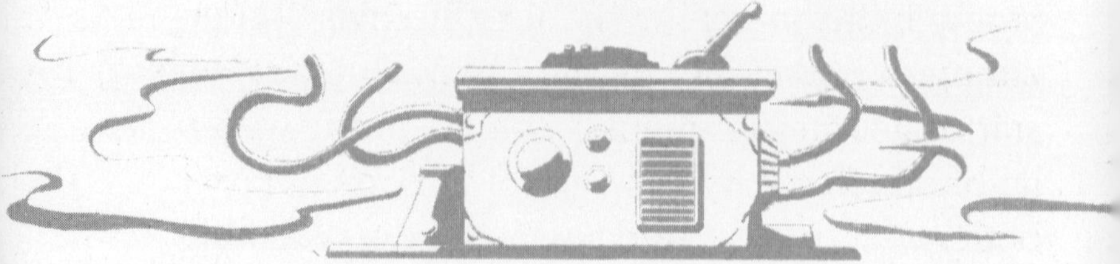

„Darf ich erfahren, was du um diese Zeit noch auf dem Gang zu suchen hast?", fragte eine tiefe Stimme.

„Äh ... ich ... ich bin hier neu", stammelte Jup.

Der Griff lockerte sich. Die kalte Hand drehte ihn herum.

Hinter Jup stand ein Mann im dunkelgrauen Anzug. Die Hose ging ihm fast bis zur Brust, die Jacke war viel zu lang.

„Du bist also Jupiter Katz", sagte der Mann, und seine Stimme klang plötzlich äußerst zufrieden.

Er hatte ein dickes Gesicht mit hängenden Wangen. Bei jedem Satz, den er sprach, wabbelten die Falten.

„Komm mit in mein Büro. Ich bin Horst-Friedrich Leier, der Schulleiter."

Als Jup sich nicht sofort bewegte, zog ihn der Direktor am Jackenärmel hinter sich her.

Jupiter musste an die Warnung des Mädchens denken. Was hatte sie gemeint?

Das Zimmer des Direktors lag im ersten Stock, hatte ungefähr die Größe eines Wohnzimmers und erinnerte an das Büro eines Bestattungsunternehmens. Die Wände waren halbhoch mit schwarzem Holz verkleidet, der Boden war dunkel, und auch die Decke bestand aus düsterem Holz.

In der linken hinteren Ecke des Büros stand schräg ein wuchtiger schwarzer Schreibtisch. Dahinter erhoben sich schwarze Regale bis zur Decke. In ihnen schienen nur Bücher mit identischen Einbänden zu stehen.

Erst als Jup näher herankam, konnte er lesen, dass auf den Buchrücken unterschiedliche Jahreszahlen standen. Von 1887 bis heute.

Herr Leier bemerkte seinen Blick und erklärte: „Das sind die Schulchroniken. Von der Eröffnung der Schule bis zum heutigen Tage."

Er ließ sich in einen Holzstuhl sinken, der unter seinem Gewicht ächzte, und hielt Jup eine Strafpredigt über Pünktlichkeit. Zum Abschluss schlug er mit der flachen Hand auf den Tisch und sagte streng: „Ich dulde in meiner Schule keinen Ungehorsam, verstanden?"

Jup nickte stumm.

„Gut, dann werde ich dich jetzt in deine Klasse bringen. Ich hoffe, nur Gutes von dir zu hören."

Er stand auf und ging voran. Nachdem sie das Büro verlassen hatten, schloss Herr Leier umständlich die Tür ab.

Er drehte sich zu Jupiter um, hob warnend den Zeigefinger und sagte: „Wage es nie, niemals, mein Büro zu betreten, ohne anzuklopfen. Erhältst du keine Aufforderung einzutreten, gehst du wieder, verstanden?"

Jup nickte, auch wenn er nicht verstand, was diese Warnung zu bedeuten hatte.

Im Erdgeschoss klopfte der Direktor einmal kurz an eine Klassentür, riss sie auf und trat ein.

Die Frau an der Tafel verstummte.

Es war eine kleine Klasse mit höchstens zwanzig Schülern. Auf den ersten Blick erkannte Jupiter, dass es mehr Mädchen als Jungen gab.

„Verzeihung, Frau Lohr, dass ich Ihren Unterricht störe. Ich bringe einen neuen Schüler. Sein Name ist Jupiter Katz. Seine Leistungen in seiner alten Schule waren mittelmäßig", erklärte Herr Leier.

„Es ist noch genau ein Platz frei", verkündete Frau Lohr.

Jup sah sich in der Klasse um und bekam ein mulmiges Gefühl. Die dämmrigen Lichtverhältnisse warfen unheimliche Schatten auf die Gesichter der Schüler. An den Wänden hingen Poster von Aliens und Fantasy-Monstern. Der freie Platz war ganz hinten im Klassenraum neben einem schwarzhaarigen Mädchen.

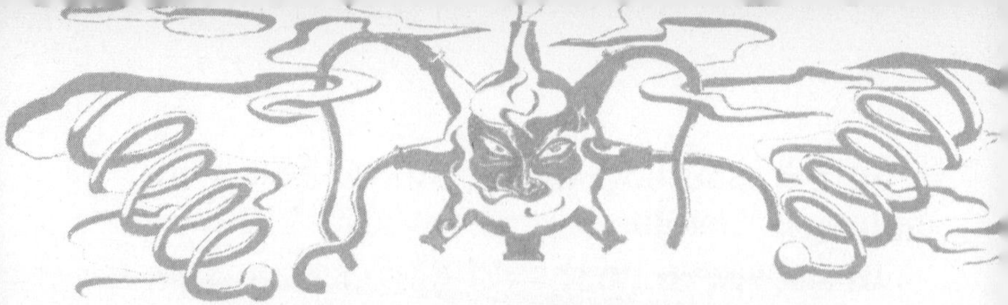

Wie die Schlangen

Es war das Mädchen, das Jupiter vorhin auf dem Gang getroffen hatte. Er ließ sich auf den freien Platz sinken und lächelte sie schwach an.

„Jetzt ist es zu spät!“, raunte sie ihm zu.

Als die Lehrerin den Mund öffnete, um mit dem Unterricht fortzufahren, schrillte die Schulglocke. Sie klappte den Mund wieder zu, dann verabschiedete sie sich bis zur nächsten Stunde.

Der erste Tag in der neuen Klasse war der reinste Horror. Niemand kümmerte sich um Jup oder sprach mit ihm. Weil er nicht so recht wusste, was er tun sollte, blieb er in der Pause einfach sitzen.

Und dann kamen sie. Es war unglaublich.

Die Erste war ein blondes Mädchen mit Wuschelmähne. Geduckt wie eine Eidechse schlich sie zu ihm und begann, an seinen Haaren zu zupfen.

Danach trat ein Junge vor ihn. Er hatte sehr kurze schwarze Haare und trug eine Brille mit winzigen runden Gläsern. Er ballte die Faust und schlug in Richtung Jupiters Nase. Nur Zentimeter vor seinem Gesicht bremste er die Hand ab.

„Ihr habt sie wohl nicht mehr alle!“, keuchte Jup.

Das Mädchen mit der Wuschelmähne ließ seine spitze Zunge immer wieder zwischen den Lippen vorsausen und auf und ab wippen wie bei einer Schlange.

„Hat er sich dich schon vorgeknöpft?“, wollte seine schwarzhaarige Banknachbarin wissen.

„Was? Wer? Wieso vorgeknöpft? Was quatschst du da?“, fuhr Jup sie an.

„Die meisten von uns haben es erst gar nicht bemerkt. Erst als es schon zu spät war“, sagte der Junge mit der Minibrille. Er reichte Jupiter mit ernstem Gesicht die Hand und sagte: „Ich heiße Jan.“

Das Mädchen mit der Wuschelmähne stellte sich als Emma vor.

„Kann mir einer sagen, was mit euch los ist? Bitte, was soll das?“, wollte Jup endlich erfahren.

Wieder schrillte die Glocke.

Sofort stoben die anderen auseinander, schnappten ihre Sachen und verließen die Klasse.

„He, wohin rennt ihr?“, rief Jup ihnen nach.

Das schwarzhaarige Mädchen drehte sich um und deutete nach oben. „Physiksaal, erster Stock. Ich bin übrigens Hanna.“

Der Physiksaal war speziell für den Unterricht dieses Fachs eingerichtet. Es gab vor der Tafel ein großes, gemauertes Pult für die Versuche. Damit alle gut sehen konnten, führte der hintere Teil des Raumes treppenartig nach oben. Auf den einzelnen Stufen standen Pulte und Stühle.

Die Schüler wuselten in den Raum und auf ihre Plätze. Jup ergatterte einen Stuhl neben dem Fenster, direkt an einem altmodischen Heizkörper.

Neben der Tafel befand sich eine schmale Tür, die von außen umständlich aufgesperrt wurde.

Eine dürre, grauhaarige Frau betrat den Saal. Sie erinnerte Jup sofort an eine verrückte Wissenschaftlerin aus einem Zeichentrickfilm: wirre Haare, irrer Blick, verrutschte Brille, fleckiger, weißer Arbeitsmantel und total zerstreut.

Von hinten raunte ihm Hanna zu: „Sie heißt Klotz. Größte Vorsicht.“

Jupiter hatte keine Gelegenheit zu fragen, was sie damit meinte. War die Lehrerin bissig? Kratzte sie? Oder warf sie mit Blitzen?

„Aha, du bist also der Neue“, hörte er ihre etwas schrille Stimme neben sich.

Frau Klotz ließ schnell hintereinander zehn Fragen auf ihn niederprasseln. Jupiter konnte eine Einzige beantworten.

„Junger Mann, du wirst dich anstrengen müssen, wenn du hier durchkommen möchtest. Du bist wohl ein Physik-Versager!“, stellte die Lehrerin fest.

Jupiter ließ sich seufzend auf seinem Stuhl nach vorn sinken. Das fing ja gut an!

Der Unterricht bei Frau Klotz war nicht gerade spannend. Gelangweilt kritzelte Jup Aliens auf ein Blatt Papier, ähnlich denen auf den Postern im Klassenraum.

Aber was war das?

Zuerst glaubte Jup, sich verhört zu haben.

Wer stöhnt da?

Ein leises Schaben.

Nein, er musste sich getäuscht haben.

Doch, da war es wieder. Im Heizkörper schien etwas herumzukriechen.

Vorsichtig legte Jup die Hand auf das Metall. Es war kühl. In der Schule wurde noch nicht geheizt, obwohl es draußen schon ziemlich kalt war.

Wartungsarbeiten, fiel ihm ein. Sicherlich wurde die Heizung im Keller gerade gewartet. Manchmal übertrugen sich die Geräusche bis nach oben.

Aber dann gab es noch ein anderes Geräusch im Heizkörper. Und diesmal hatte es bestimmt nichts mit Wartungsarbeiten zu tun.

Sein Herz begann zu rasen. Seine Finger waren auf einmal ganz feucht.

Da war es schon wieder. Und dann noch einmal.

Jup saß allein in seiner Bank. Aber die anderen mussten es doch auch hören. Oder waren sie zu weit entfernt?

Er drehte sich nach hinten um und fragte Hanna: „In der Heizung … da stöhnt es … hörst du das nicht?“

Hanna schüttelte den Kopf.

Da das Stöhnen wieder verstummt war, versuchte Jupiter, sich auf den Vortrag von Frau Klotz zu konzentrieren. Wahrscheinlich gab es für das Geräusch eine einfache Erklärung.

„Ich höre und sehe wirklich überall Gespenster“, schimpfte er mit sich selbst.

Nach der Stunde fiel ihm auf dem Gang vor dem Physiksaal etwas auf. An der Wand waren viele kleine Tafeln angebracht, auf denen man verschiedene Namen lesen konnte. Darunter war jeweils ein kleines Emaille-Schild mit Jahreszahlen befestigt. Zum Beispiel:

Prof. Edgar Dunkler

1887 – 1909

„Alles Physiklehrer, die hier vor mir gelitten haben“, sagte eine Stimme.

Frau Klotz stand hinter ihm und ließ den Blick über die lange Reihe der Tafeln schweifen.

Jupiter deutete auf eine leere Stelle. An den beiden Löchern in der Wand war zu erkennen, dass sich auch an diesem Platz eine Tafel mit einem Namen befunden hatte. Sie war aber wieder abgenommen – oder vielmehr herausgerissen – worden, denn die Schrauben hatten kleine Krater in der Wand hinterlassen.

„Und was ist mit diesem da? Wieso fehlt seine Tafel?“, wollte Jup wissen.

Der Schreck war deutlich in Frau Klotz' Gesicht zu erkennen.

„Diese Frage kann ich leider nicht beantworten“, meinte sie schnell und verschwand wieder im Physiksaal. Kopfschüttelnd sah ihr Jup nach. Was war denn in die gefahren?

Murmelnd las er die Namen und Jahreszahlen, die anzugeben schienen, wie lange die Lehrer an der Schule unterrichtet hatten.

„Merkwürdig“, sagte Jup nachdenklich, während er das Schild unter der fehlenden Tafel betrachtete. Dieser Lehrer war offenbar nur ein Jahr an der Schule gewesen. Alle anderen hatten dagegen viele Jahre unterrichtet!

Das Grab

„Und, wie war der erste Schultag?“, wollte Professor Katz beim Abendessen wissen.

„Ein Horror!“, antwortete Jup.

Sein Vater lachte. „Jup, bitte übertreib nicht immer so. Du wirst es schon überleben.“

Jupiter fiel etwas ein. „Vicky und Nick haben diese Woche Ferien. Könnten sie mich nicht besuchen kommen?“

Professor Katz wusste, wie schwer Jup der Abschied von Burg Falkenfels und dem Gruselclub gefallen war. Deshalb willigte er ein. Jup telefonierte mit seiner Cousine, die die Einladung begeistert annahm.

„Gibt es einen neuen Fall für den Gruselclub?“, wollte sie wissen.

„Vielleicht!“, lautete Jups unsichere Antwort. „Vielleicht spinne ich aber auch nur.“

Am nächsten Tag, es war ein Dienstag, verließ Jupiter bereits kurz nach sieben Uhr das Haus. Er war sehr früh munter geworden und wollte auf dem Rad eine Runde durch Bad Birnbach drehen.

Nach ein paar Minuten bog er bereits in eine Gasse, die er kannte, und stand vor seiner Schule. Bad Birnbach war wirklich ein Nest.

Es war erst zwanzig nach sieben und eisig kalt. Jupiter fror trotz seiner dicken Jacke.

Ob das Schultor schon aufgesperrt war?

Er stellte das Rad ab und probierte es. Die Klinke ließ sich niederdrücken, das Schloss klickte, und das Tor sprang auf. Jup stemmte sich mit der Schulter gegen das Holz, und schon stand er in der Halle.

Es war totenstill in der Schule.

Das heißt, nein, da war ein Geräusch. Ein Schaben. Es hörte sich an, als würde jemand Sand, Erde oder Schotter schaufeln. Das Geräusch war nicht sehr laut, aber es kam ohne Zweifel aus dem Schulhaus.

Jupiter setzte vorsichtig Fuß vor Fuß. Die Gummisohlen seiner Sportschuhe quietschten leise auf dem dunklen Steinboden. Schritt für Schritt ging er bis zum Ende des Ganges, wo er in einer tiefen Nische eine Tür entdeckte.

Sie stand eine Handbreit offen, und er sah

eine nackte Backsteinwand dahinter. Auf ihr tanzte ein Lichtschein, der an Feuer erinnerte. An loderndes Feuer. Brannte es im Keller der Schule?

Jupiter riss die Tür auf. Hinter ihr lag ein steiler Treppenabgang. Er war niedrig und sehr eng.

Ein Feuer konnte Jupiter nicht entdecken. Aber alle paar Meter war eine Petroleumlampe aufgehängt. Sie verströmten dieses flackernde Licht, das unheimliche Schatten auf den Wänden tanzen ließ.

Petroleumlampen? Wieso gab es hier kein elektrisches Licht?

Jup hob den Kopf und sah in der Decke des Abganges altmodische braune Lampenfassungen. Die Glühbirnen waren alle zerstört. An mehreren Stellen hatte jemand sogar das Mauerwerk herausgeschlagen und die Stromkabel aus der Wand gerissen und durchtrennt.

An den Geräuschen war zu erkennen, dass unten im Keller jemand unermüdlich schaufelte.

Jup schauderte es, aber er war auch neugierig. So begann er, Stufe für Stufe nach unten zu steigen. Die Treppe schien kein Ende zu nehmen. Mal bog sie nach links, dann machte sie wieder einen Knick nach rechts, dann nochmals nach rechts, dann wieder links.

Bald befand sich Jupiter schon mindestens zwei, wahrscheinlich sogar drei Stockwerke tief unter der Erde.

Endlich konnte er das Ende der Treppe sehen. Sie mündete in einen Gang, der ebenfalls von Petroleumlampen erhellt war. Sein Ende aber lag irgendwo in der Dunkelheit.

Das Schaufelgeräusch war noch immer zu hören und klang schon deutlich näher.

Sollte Jup rufen? Sollte er sich bemerkbar machen?

Er öffnete den Mund, klappte ihn dann aber wieder zu. Er hätte ohnehin keinen Ton rausgebracht. Sein Hals war wie abgeschnürt.

Geduckt und auf alles gefasst, tappte er zum dunklen Ende des Ganges.

An den Wänden waren zerbrochene Stühle und Pulte aufgestapelt.

„Aaaah!“ Erschrocken schrie Jup auf und sprang zur Seite. Etwas eklig Weiches mit spitzen Stacheln hatte ihn gestreift.

Es war ein ausgestopfter Vogel, den irgendein Scherzkeks mit Draht an der Decke befestigt hatte.

Jupiter schüttelte sich angewidert. Das graue Füllmaterial quoll wie dicke Maden unter den Flügeln hervor. Die „Stacheln“ waren wohl herausragende Drähte.

Das Schaufeln war jetzt ganz nahe und sehr laut. Jup entdeckte neben sich eine Nische. Sie führte ungefähr drei oder vier Schritte in die Wand hinein.

In einer länglichen Grube am Ende der Nische stand ein Mann. Er trug einen blauen Arbeitsanzug und schaufelte ohne Unterbrechung. Die lehmige Erde, die er aushob, warf er gegen die Wand. Als Jup die Grube genauer ansah, erschauerte er.

Der Mann schaufelte ein Grab. Ein Grab im Keller der Schule.

Jupiter wollte weg hier, so schnell wie möglich. Doch als er seinen rechten Fuß heben wollte, spürte er einen starken Ruck. Er verlor das Gleichgewicht und stürzte.

Du entkommst mir nicht!

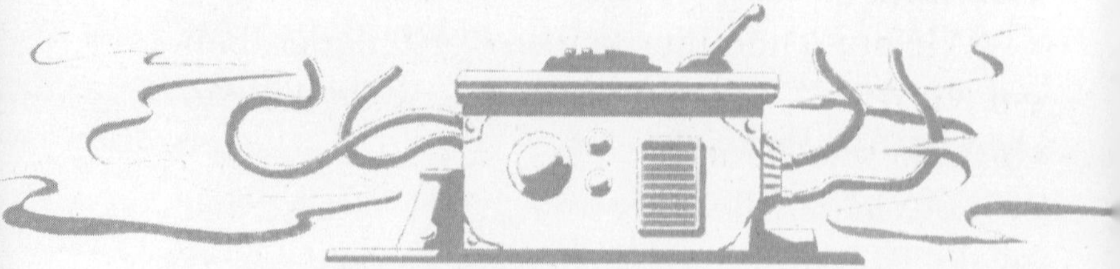

Jup hatte auf seinem offenen Schnürsenkel gestanden. Es knirschte laut, als er auf den Boden prallte; der Mann in der Grube blickte auf.

Er war alt. Uralt.

Sein Haar war grau und dünn und bildete nur noch einen schmalen Kranz um seinen Glatzkopf. Mit wässrigen, dunklen Augen starrte er Jupiter an und schwieg eisig. Der Geruch von feuchter Erde, nassen Klamotten, alten Koffern und Krankenhaus ging von ihm aus. Es war derselbe Geruch wie in der Halle der Schule.

Jupiter rappelte sich hoch. Er wollte eine Erklärung stammeln, brachte aber nur unverständliches Zeug heraus.

Endlich sagte der Mann etwas. Seine Stimme klang heiser, fast wie ein Flüstern: „Was hast du hier unten zu suchen?"

Jupiter schluckte mehrere Male, räusperte sich und stotterte: „Ich … ich bin neu … ich war zu früh … habe das Geräusch gehört."

Der Mann stieg aus dem frisch geschaufelten Grab und kam auf ihn zu.

„Wir brauchen hier keine oberschlauen Bengel wie dich!", krächzte er und streckte die knochige, faltige Hand nach ihm aus.

Jup wich zurück, aber der Mann war schneller. Er packte ihn an der Jacke, riss ihn in die Höhe und stieß ihn in Richtung des Grabes.

„Wir brauchen keine unfolgsamen Rotznasen!", zischte er ihm ins Gesicht.

Jupiter sammelte alle Kräfte und versetzte dem Mann einen Stoß. Der taumelte Halt suchend zurück und ließ ihn los.

Jup nützte die Gelegenheit und rannte los. Er rannte so schnell wie nie zuvor in seinem Leben.

Der Mann kam ihm nach. Er war nicht nur kräftiger, sondern auch schneller, als Jup vermutet hatte.

Immer zwei Stufen auf einmal nehmend, hetzte Jupiter das Treppenhaus hinauf. Er hatte ungefähr die Hälfte des Weges zurückgelegt, als er einen falschen Schritt machte, ausrutschte und wieder mehrere Stufen nach unten polterte.

Neben ihm auf der Wand tauchte der Schatten des alten Mannes auf. Er kam näher. Gleich würde er nach ihm greifen können.

Weiter, weiter! Jup kämpfte sich wieder hoch und hinkte keuchend die Stufen hinauf.

Da war die Tür. Sie stand noch immer einen Spaltbreit offen. Draußen hörte er Stimmen. Die anderen Schüler waren eingetroffen. Er war nicht mehr allein in dem uralten Haus.

Raus, nur raus.

Noch fünf Stufen.

Noch drei Stufen.

Noch eine Stufe.

Peng!

Die Tür war zu. Jemand hatte sie zugeschlagen.

Er packte die Klinke mit beiden Händen wie einen Rettungsring.

„Du entkommst mir nicht!“, hörte er den Mann hinter sich toben.

Jupiter riss und rüttelte an der Tür, doch sie ließ sich nicht öffnen. Er war eingeschlossen.

Der Schulfriedhof

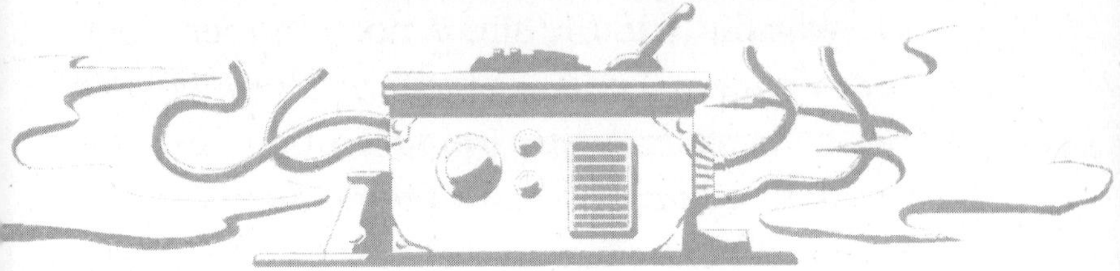

„Rauslassen, Hilfe!“, brüllte Jupiter und trommelte mit den Fäusten von innen gegen die Tür.

Der Mann war nur noch ein paar Schritte hinter ihm.

„Rauslassen!“ Jups Hände taten schon höllisch weh.

Die Tür schwang nach außen, und Jan stand vor ihm. Zuerst blickte er überrascht, dann begann er zu lachen.

„Was hast du denn für Probleme?“

Erst jetzt erkannte Jup, dass er die Tür, statt sie zu ziehen, einfach hätte drücken müssen. Sie war nicht einmal abgesperrt gewesen.

Er stolperte in die Halle und warf einen Blick zurück über die Schulter.

Hinter ihm war die Treppe leer. Der Mann war nicht mehr da.

Es war wenige Minuten vor acht, und in der Schule ging es zu wie in einem Bienenstock.

Jupiter lief den Gang entlang bis zu seiner Klasse. Er ließ sich auf den Stuhl neben Hanna fallen, die gerade hektisch dabei war, die Mathe-Hausaufgabe abzuschreiben.

„Da war ein Mann ... ein weißhaariger Mann ... uralt ... er hat im Keller ein Grab geschaufelt!", berichtete Jup stammelnd.

Hanna blickte kurz auf und nickte ernst.

„Ja, das tut er jeden Tag. Dort unten ist der Friedhof."

„Was?" Jupiter schnellte in die Höhe. „Aber ... aber wer wird dort begraben?"

Hanna antwortete ihm nicht mehr.

„Was ist das für ein Friedhof? Wieso schaufelt der Typ Gräber?", bohrte Jup weiter.

Sie schien ihn gar nicht mehr zu hören.

Jupiter verlor die Nerven, packte sie an den Schultern und rüttelte sie: „Was soll das heißen? Red endlich Klartext."

Hanna schüttelte seine Hände ab und seufzte tief.

Ein Junge, den Jup noch nie vorher gesehen hatte, steckte den Kopf in die Klasse. „Gibt es hier einen Katz?"

Jupiter meldete sich.

„Zum Direktor, schnell!"

Hanna zuckte erschrocken. „Jetzt … jetzt ist es wirklich zu spät."

Jupiter wollte die Schule verlassen. Auf der Stelle. Er wollte nach Hause. Aber sein Vater würde alles, was er erzählte, für eine Ausrede halten, um den Unterricht zu schwänzen.

Der Junge, der nach ihm gefragt hatte, kam durch die Klasse auf ihn zu. Er war älter und mindestens einen Kopf größer als Jup. Unter seinem Hemd zeichneten sich dicke Muskeln ab.

„Katz, was ist? Der Direktor wartet nicht gern. Ich soll dich zu ihm bringen, hat er mir aufgetragen!"

Jupiter blieb nichts anderes übrig. Er musste mit.

Der Direktor thronte hinter seinem wuchtigen Schreibtisch und machte ein missmutiges Gesicht. Hinter ihm stand der Alte aus dem Keller. Im schummrigen Licht des Büros sah er fast noch unheimlicher aus.

Er deutete mit dem Finger auf Jupiter und krächzte: „Ja, der war es."

„Es ist Schülern strengstens verboten, den Keller der Schule zu betreten", erklärte der Direktor.

Jupiter nahm allen Mut zusammen und stieß keuchend hervor: „Aber … aber dieser Mann hat ein Grab geschaufelt. Es ist ein Friedhof dort unten."

Der Direktor und der Alte sahen einander kurz an. In ihren Gesichtern stand so etwas wie Überraschung.

„Es ist strengstens verboten, den Keller zu betreten", wiederholte der Direktor knurrend. „Da du neu an der Schule bist, wusstest du vielleicht nichts von diesem Verbot."

Der Alte hinter ihm hob drohend die Faust. „Mach das nie wieder. Schleich nie wieder dort hinunter!", krächzte er.

Die Schulglocke schrillte.

„Und jetzt ab in deine Klasse!", sagte Herr Leier und zeigte zur Tür.

Jupiter drehte sich um und stürmte aus dem Büro. Auf dem Gang blieb er mit einem Ruck stehen. Auch an dieser Wand hingen in einer langen Reihe Bilder von Lehrern. Die älteren waren Gemälde, die neueren Fotografien. Unter jedem standen der Name und die unterrichteten Fächer.

Eine solche Fotogalerie von Lehrern hatte Jupiter außer an dieser Schule noch nirgendwo gesehen. Auch hier fehlte mittendrin das Bild eines Lehrers. Und wieder war es nicht vorsichtig, sondern mit Gewalt entfernt worden.

Wer war dieser Lehrer nur gewesen? Er

musste vor ungefähr siebzig Jahren unterrichtet haben.

„Katz, was stehst du hier noch herum?“, hörte er hinter sich die Stimme des Direktors. Jup wollte ihn schon nach dem Lehrer fragen, ließ es dann aber bleiben. Er raste hinunter ins Erdgeschoss zu seiner Klasse. Die Tür war bereits geschlossen. Der Lehrer war also schon drinnen.

Leise zog Jup die Tür auf und schlüpfte hinein. Sofort wurde er von zwei starken Händen gepackt und zu Boden geworfen.

Von allen Seiten kamen plötzlich Arme und drückten ihn nach unten. Die Gesichter seiner Klassenkameraden tauchten über ihm auf.

In ihren Augen war etwas Irres. Kein Einziger lächelte. Und dann begannen sie wieder zu züngeln. Wie Schlangen oder Leguane. Einige von ihnen hatten schaurige Reptilienfratzen.

Ein Mädchen schnappte hungrig. Ein anderes leckte sich über die Lippen. Jupiter hörte, wie einige heftig schluckten, als liefe ihnen das Wasser im Mund zusammen.

„Und jetzt los!“, gab Jan das Kommando.

Fast gleichzeitig stürzten sie sich mit offenen Mündern auf ihn. Wie Raubtiere, die ihre Beute in Stücke reißen wollten.

Stinki

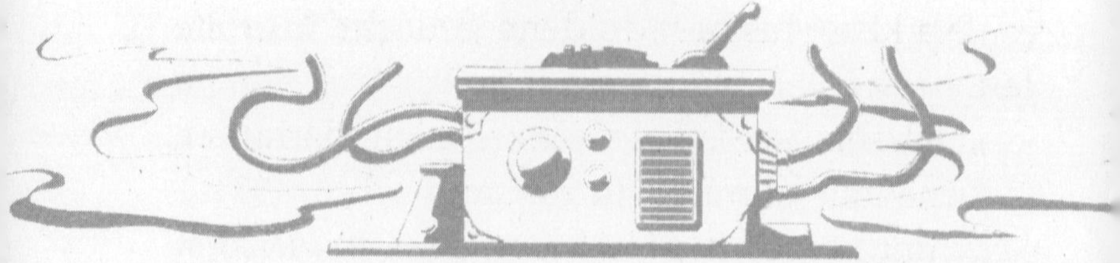

Aber was dann kam, war das Unglaublichste. Zuerst glaubte Jup, sich verhört zu haben.

Alle brüllten im Chor: „Reingefallen!“

Sie sprangen auf und schüttelten sich vor Lachen. Die Reptilienköpfe waren nur Masken, unter denen nun die verschwitzten Gesichter von Jups Klassenkameraden zum Vorschein kamen.

Jupiter lag noch immer auf dem Boden.

„Dein Gesicht, dein Gesicht!“, johlte Jan und klopfte sich vor Vergnügen auf die Schenkel. „Das dümmste Gesicht, das ich je gesehen habe.“

„Bin ich hier im Irrenhaus?“, fragte Jupiter. „Kann mir einer verraten, was das soll?“

„Wir haben dich reingelegt“, erklärte Emma gackernd. „Wir haben verabredet, dass wir dich auf den Arm nehmen, wenn du kommst.“

„Was soll das heißen?", wollte Jupiter wissen.

„Na ja, dass wir dir ein bisschen Angst vor dem Leier machen. Und ein bisschen so tun, als würden hier seltsame Dinge passieren."

„Die Warnungen waren also nur ein Scherz?"

„Na klar, was hast du denn gedacht?", grölte Jan.

„Hahaha, wie witzig. Kitzel mich, damit ich lachen kann", knurrte Jup sauer.

Emma verzog das Gesicht: „He, Katz, sei kein Spielverderber."

Da die Biologielehrerin krank war, fiel die erste Stunde aus. Stattdessen wurde eine Art Willkommensparty für Jupiter veranstaltet. Ein paar Schüler hatten sogar Cola, Chips und Popcorn mitgebracht. Pappbecher wurden ausgeteilt, und dann ging es los.

„Und das Stöhnen aus dem Heizkörper, wie habt ihr das gemacht?", wollte er wissen.

Das Gekicher verstummte.

„Haben wir das gemacht?", fragte Jan die anderen.

Allgemeines Kopfschütteln.

„Und wer ist dieser Lehrer, an den niemand erinnert werden soll?", fragte Jupiter weiter.

Ratlose Gesichter.

„Und im Keller ist ein Grab. Ein alter Typ hat es geschaufelt!"

„Das ist bloß Stinki, der Hausmeister. Riecht immer etwas muffig“, kicherte Hanna.

„Könnte schon längst im Ruhestand sein, hört aber nicht auf. Der ist nicht ganz dicht!“, erklärte Jan. „Sein Vater war hier schon Hausmeister. Auch sein Großvater und der Urgroßvater.“

„Warum gräbt er im Keller?“, wollte Jup wissen.

„Weil er nicht ganz dicht ist“, erklärte Hanna lachend.

Jup beschlich ein unheimliches Gefühl. An dieser Schule stimmte etwas nicht.

Die Stimme

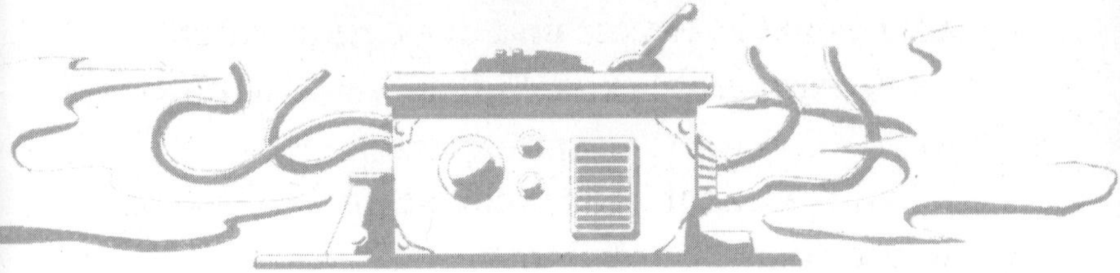

Am Mittwoch in der zweiten Stunde saß die Klasse abermals im Physiksaal. Da kein anderer Platz frei war, bekam Jup wieder einen neben der Heizung, ziemlich weit vorn. Der Sitz neben ihm blieb frei.

Zu Beginn der Stunde gab es eine Wiederholung. Und wen rief Frau Klotz auf?

Jupiter.

Das war so unfair von ihr! Er hatte schließlich noch keine Zeit gehabt, alles nachzuarbeiten. Doch Hanna saß in der Bank hinter ihm und würde ihm hoffentlich vorsagen.

„Erzähl mir, was mit einem Luftballon im Vakuum geschieht!“, verlangte sie von Jupiter.

„Im Vakuum wird der Ballon …“ Jupiter wusste, dass sich der Ballon veränderte. Aber wie?

„... wird der Ballon größer!“, flüsterte ihm Hanna von hinten zu. Sie machte es großartig: laut genug, damit Jup es verstehen konnte, aber so leise, dass Frau Klotz es nicht bemerkte.

„... wird der Ballon größer“, wiederholte Jupiter.

Frau Klotz hob erstaunt die Augenbrauen.

„Und warum?“, fragte sie weiter.

„Weil sich die Luft in seinem Inneren ausdehnt“, flüsterte Hanna.

Ihre Stimme klang ungewohnt. Noch tiefer als sonst und heiser. Vor allem aber kam sie nicht von hinten, sondern von der Seite. Von der Wand.

Jup wiederholte die Antwort, und sie war richtig. Frau Klotz trug ihm ein Plus ein und suchte ein neues Opfer.

Dankbar drehte sich Jupiter zu Hanna um.

Aber sie saß nicht hinter ihm.

Die Bank hinter ihm war leer.

Jupiter starrte nach links. Dort war der altmodische Heizkörper, der wie eine Ziehharmonika aussah.

„Ich dreh durch!“, murmelte er. Die Heizung hatte zu ihm gesprochen. Sie hatte ihm vorgesagt.

„Unmöglich“, keuchte er. „Das ist unmöglich.“

Am Abend würden Vicky und Nick endlich ankommen. Jupiter konnte es kaum erwarten, ihnen von seinen Erlebnissen zu berichten.

Er musste noch einmal an die seltsamen Warnungen des Direktors denken. Wenn jemand wusste, was an dieser Schule vorging, dann er.

Nach der letzten Stunde nahm Jup seinen Mut zusammen und ging zum Büro von Herrn Leier, um ihn zur Rede zu stellen.

Die Tür des Zimmers stand halb offen.

Jupiter klopfte an und wartete.

Keine Antwort.

Nach einer Weile klopfte er noch einmal.

Wieder keine Antwort.

Nachdem auch der dritte Versuch erfolglos blieb, steckte er den Kopf ins Zimmer.

Leer. Keiner da.

Haut frisch halten

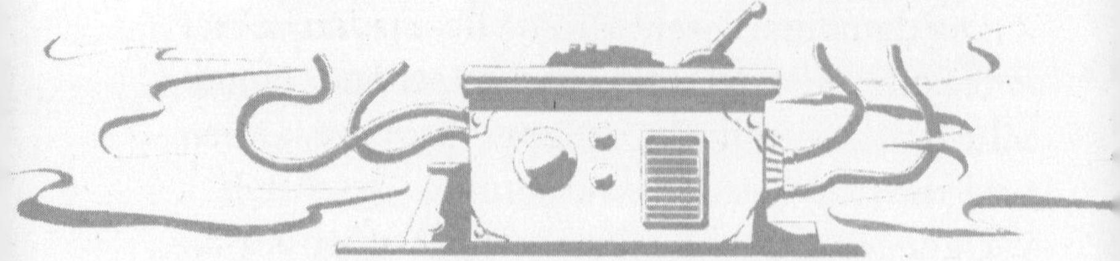

Jup wollte schon wieder gehen, aber dann fiel sein Blick auf die Regale hinter dem Schreibtisch, wo die Schulchroniken standen. Dort drinnen musste es doch einen Hinweis auf den Lehrer geben, an den sich niemand erinnern wollte.

Jupiter würde bestimmt nicht länger als ein paar Sekunden brauchen. Er wollte den Band des Jahres schnell rausziehen, durchblättern und sofort wieder zurückstellen.

Mit ein paar großen Schritten war er beim wuchtigen Schreibtisch des Direktors. Der Band der Schulchronik, den er wollte, stand ganz oben, im höchsten Fach. Jup zog den Drehstuhl zum Regal und sprang auf den Ledersitz. Endlich bekam er das Buch zu fassen und holte es herunter. Staub rieselte ihm ins Gesicht und in die Augen.

Nachdem er sich halbwegs davon befreit hatte, begann er, das Buch stehend durchzublättern. Die Seiten waren gelb und an den Rändern sogar fast braun. Irgendwann mussten die Bände feucht geworden sein.

Der damalige Direktor hatte über jeden Lehrer eine Seite angelegt. In gestochen schöner Handschrift waren mit Tinte Name, Adresse, Daten und dazu ein paar Bemerkungen geschrieben worden. Außerdem gab es eine Auflistung aller Ereignisse des Schuljahres: von einem Fußballspiel der Jungen bis zu einer „theatralischen Aufführung" der Mädchen.

Die Lehrer waren nach den Fächern geordnet, die sie unterrichteten. Mathematik, Musik, Naturkunde, Chemie, Biologie – jetzt musste Physik kommen. Gleich würde Jupiter mehr wissen.

Auf dem Gang waren Schritte zu hören. Herr Leier kam zurück, und Jup stand hier auf seinem Stuhl!

Er sprang hinunter, das Buch noch immer in den Händen. Der Boden knackte laut bei seiner Landung.

„Hallo, wer ist da?", rief Herr Leier fragend. Seine Stimme klang sehr scharf.

Es war zu spät, um aus dem Zimmer zu verschwinden. Jupiter würde ihm direkt in die

Arme laufen. Aber er durfte hier nicht erwischt werden.

Er sah sich hektisch und verzweifelt um. Dann kroch er unter Herrn Leiers Schreibtisch.

Der Fußboden knarrte laut, als Herr Leier sein Büro betrat. Jupiter hörte, wie er die Tür schloss und langsam durch das Zimmer schritt. Er blieb stehen und werkelte irgendwo herum.

Ein lang gezogenes Knarren war zu hören.

Wieder hantierte er mit etwas.

Es klopfte an der Tür.

„Wer ist da?“, fragte er unwirsch.

„Ich bin es, Chef!“ Es war die Stimme von Stinki.

„Kommen Sie herein.“

Der Hausmeister öffnete die Tür und schloss sie hinter sich.

„Was sagen Sie zu dem Neuen?“, wollte Herr Leier wissen.

Redete er von Jupiter?

„Gutes Exemplar. Aber wie wollen Sie seine Farbe und Frische erhalten?“, fragte Stinki.

Jup wurde schlecht.

„Alles eine Sache der Konservierung. Ich habe ein neues Mittel entdeckt, das die Haut schön straff hält. Allerdings ist es wichtig, dass die Betäubung sofort wirkt. Wenn er sich wehrt, kann das zu Schrammen und Verletzungen führen, die bei der Konservierung nicht mehr wiedergutzumachen sind."

Haut frisch halten. Betäubung. Konservierung. Die Worte hallten immer wieder in Jups Ohren.

Ein Horror-Hobby

„Als ich begonnen habe, ihn zu durchbohren, ist der Letzte plötzlich aufgewacht“, berichtete der Hausmeister.

Nein, das konnte alles nicht wahr sein! Das war einfach nicht möglich. Die beiden mussten wahnsinnig sein. Wieso hatte bisher niemand bemerkt, wenn sie Schüler durchbohrten und konservierten?

Jupiter zitterte so heftig, dass er seine Arme und Beine nicht mehr unter Kontrolle halten konnte. Sie schlugen gegen das Holz des Schreibtisches. Er hatte höllische Angst, dass Herr Leier und Stinki ihn hören könnten.

Wenn sie ihn hier unten fanden, würden sie sich ihn bestimmt sofort vornehmen. Sie würden ihn betäuben, und er würde niemals wieder aufwachen.

Diese Wahnsinnigen. Diese Irren. Jemand musste sie stoppen!

Herr Leier kam näher und trat hinter seinen Schreibtisch.

Jupiter presste sich noch tiefer in die Nische, zog die Knie bis zum Kinn und schlang die Arme um die Beine.

Der Direktor setzte sich. Er schob sich mit den Füßen weiter unter den Schreibtisch. Seine Schuhe kamen auf Jupiter zu. Er konnte riechen, dass Herr Leier Schweißfüße hatte.

„Wie viele wollen Sie eigentlich noch?“, fragte Stinki.

„Mindestens zwanzig oder dreißig“, antwortete Herr Leier. „Es ist heutzutage nicht mehr so einfach, an welche heranzukommen. Aber wir dürfen nicht entdeckt werden. Die Empörung wäre groß.“

Mit einem Ruck zog der Direktor seine Beine zurück und stand auf. Jupiter hörte ihn wieder etwas weiter vorn im Zimmer hantieren und sagen: „Ich glaube, ich mache heute früher Schluss.“

Gemeinsam verließen die beiden Männer das Zimmer, und Herr Leier sperrte von außen die Tür ab. Der Schlüssel drehte sich zweimal.

Jupiter schnappte hörbar nach Luft. In den vergangenen Minuten hatte er kaum zu atmen gewagt. Zur Sicherheit blieb er unter dem Schreibtisch sitzen. Es erschien ihm wie ein Wunder, dass Herr Leier nichts bemerkt hatte. Schließlich fehlte ein Buch, es hatte eine gut sichtbare Lücke in dem vollgestopften Regal hinterlassen.

Die Chronik. Sie lag noch immer neben Jupiter. Er hatte aber keine Lust mehr, darin nach dem Namen des Lehrers zu suchen.

Wie kam er nur aus diesem Zimmer raus?

Die Glocke schrillte auf dem Gang. In seinem Versteck klang sie kilometerweit entfernt. Die Klassentüren wurden aufgerissen, alle Schüler verließen das Haus. Bald verebbte der Lärm. Jupiter schien niemandem zu fehlen. Offenbar war es an der Schule üblich, dass Schüler spurlos verschwanden.

Seine Finger glitten wieder über das alte, brüchige Leder der Schulchronik.

Na gut, wenn er schon einmal hier war, konnte er auch darin lesen. Er blätterte die Seiten der Lehrer durch, bis er zu Physik kam.

Die Seite war herausgerissen worden.

Weder vorsichtig herausgetrennt noch herausgeschnitten, sondern herausgerissen.

Jemand hatte wirklich dafür gesorgt, dass alles verschwand, was an diesen Physiklehrer erinnerte.

Jupiter starrte noch immer auf die zackigen Papierreste, die aus dem Buch ragten, als sein Blick auf die nächste Seite fiel. He, dort stand nichts über einen anderen Lehrer. Der Eintrag über den Physiker schien über zwei Seiten gegangen sein. Es war aber nur eine rausgerissen worden. Aufgeregt begann Jupiter zu entziffern, was auf der anderen Seite stand.

Verschwunden

Die Eintragung lautete:

„Erwähnt sei an dieser Stelle aber auch eine nicht weiter geklärte Parallele zwischen dem Verschwinden des Lehrers und dem Verschwinden eines Schülers der Anstalt.

Nach seinem rätselhaften Verschwinden am 1. August wurde Richard Wimmer am Abend des 2. August im Physiksaal von seinem Vater, Hausmeister August Wimmer, aufgefunden.

Der zehnjährige Junge lag zusammengerollt unter dem Pult und schien zu schlafen. Als ihn sein Vater weckte, reagierte der Junge verstört. Der herbeigerufene Arzt stellte einen schweren Schock fest.

Richard Wimmer konnte sich auch Tage später nicht erinnern, was mit ihm am 1. August geschehen war. Ihm fehlte ein Teil seines Gedächtnisses. Das

Einzige, was man von ihm erfuhr, war eine Warnung vor einer unbenannten Gefahr im Keller.

Trotz intensiver Suche konnte dort aber nichts entdeckt werden.

Der Junge bestand fortan darauf, dass die Tür zum Zimmer der Physiklehrer immer geschlossen gehalten wurde. Seinem Wunsch wurde entsprochen, da der Arzt dazu geraten hatte.

Der Lehrer, Tizian Ocker, wurde am Morgen des 1. August zum letzten Mal in der Schule gesehen. Danach hat niemand je wieder von ihm gehört.

Auch wenn ein schwerer Verdacht auf ihm lastet, wollen wir ihn in Erinnerung behalten. Gibt es doch keine Beweise für die Anschuldigungen, die gegen ihn erhoben wurden."

Jupiter lehnte sich zurück und kombinierte: Richard Wimmer war niemand anderer als Stinki. Vor siebzig Jahren war er zehn gewesen und in die fünfte Klasse gegangen.

Stinkis Erinnerungen waren gelöscht. Doch irgendwo in seinen Gehirnwindungen schien sich irgendetwas festgesetzt zu haben. Etwas, das ihn auch heute noch im Keller buddeln ließ.

Gräber buddeln ließ!

Etwas, das ihn dazu drängte, das Zimmer der Physiklehrer immer geschlossen zu halten. Jup erinnerte sich, wie Frau Klotz die Tür erst vorm

Unterricht aufgesperrt hatte. Die Lehrer schienen seinem Wunsch bis heute nachzukommen.

Vielleicht war es auch Stinki, der die Tafeln und das Foto entfernt und die Seite aus der Chronik gerissen hatte.

Aber was war dort unten im Keller geschehen? Und wohin war der Lehrer verschwunden?

Tizian Ocker. Was für ein Name, dachte Jupiter.

In der Schule war es inzwischen völlig still geworden.

Jups Beine taten weh, weil er die ganze Zeit so verkrampft unter dem Tisch gehockt hatte. Stöhnend kroch er aus dem Versteck und streckte sich.

Nachdem er die Schulchronik wieder zurückgestellt hatte, ließ er sich auf den Stuhl des Direktors sinken. Sein Blick fiel auf die Wandvertäfelung, und auf einmal wurde ihm klar, worüber sich Herr Leier und Stinki vorhin unterhalten hatten.

Der Plan

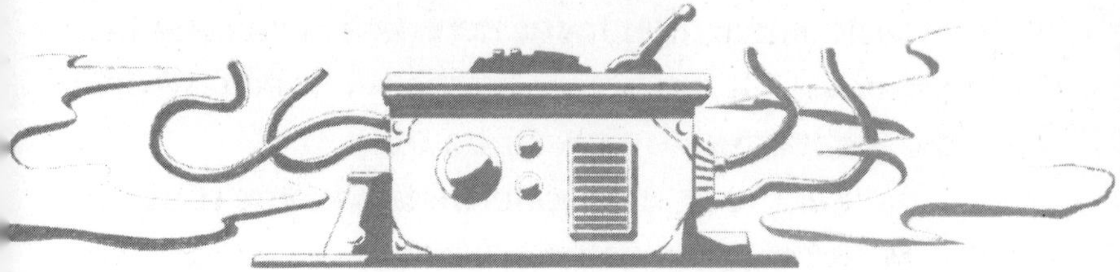

Schmetterlinge! Die beiden sammelten Schmetterlinge. Jupiter schüttelte sich, als er die Rahmen mit Herrn Leiers Sammlung im Fach hinter der Wandvertäfelung sah. Einfach eklig! Wie konnte jemand tote Insekten sammeln?

Nun aber nichts wie raus aus diesem Büro. Da die Fenster vergittert waren, musste er sich etwas anderes überlegen. Er wollte schon zum Telefon greifen, zog die Hand dann aber wieder zurück.

Ihm war ein Schatten unter dem Türspalt aufgefallen, und er hörte das Klacken von Stöckelschuhen im Gang.

Das war *die* Gelegenheit. Jup schlich zur Tür und kratzte über das Holz wie ein Hund, der aus dem Zimmer gelassen werden wollte.

Die Schritte hielten kurz inne, dann kamen sie zur Tür zurück.

Wieder kratzte Jupiter.

Jemand klopfte zaghaft, und eine Frauenstimme fragte unsicher: „Herr Direktor, sind Sie das?“

Jupiter scharrte weiter.

Die Frau schien nicht zu wissen, was sie tun sollte.

Jupiter presste ein Ohr an die Tür.

Sie ging weg. Das Klacken ihrer Stöckelschuhe entfernte sich schnell.

Verdammt! Jup würde es nie hier herausschaffen!

Doch dann kamen die Schritte zurück. Anscheinend war nun auch noch eine zweite Person dabei. Jup hörte, wie am Schloss der Tür herumhantiert wurde.

„Ich wollte gerade nach Hause gehen, und als ich an der Tür vorbeikam, habe ich drinnen ein Geräusch bemerkt“, sagte die Frau, die wahrscheinlich Herrn Leiers Sekretärin war. „Als wäre eine Katze im Büro eingeschlossen.“

„Unmöglich, ich war vorhin beim Herrn Direktor. Es gibt hier keine Katzen“, antwortete die kratzige Stimme von Stinki.

Jup flitzte zur Tür und stellte sich so an die Wand, dass sie ihn verdecken würde, wenn sie geöffnet wurde.

Es gab ein heftiges Klicken im Schloss, dann

wurde die Klinke mit einem kräftigen Ruck niedergedrückt, und die Tür sprang auf.

Jup hörte in seinem Versteck, wie die beiden ganz langsam bis zum Schreibtisch gingen. Sie standen mit dem Rücken zu ihm.

Auf Zehenspitzen schlüpfte er hinter der Tür hervor, tappte aus dem Zimmer und stürzte auf den Gang.

Er raste in seine Klasse, wo seine Schulsachen noch immer auf dem Pult lagen. Hastig stopfte er sie in den Rucksack und verließ die Schule.

Am Abend kamen endlich Vicky und Nick in Bad Birnbach an. Sie zogen sich mit Jupiter in sein Zimmer zurück, wo er ihnen berichtete, was sich in den drei Tagen bereits alles ereignet hatte.

„Die Stimme kam wirklich aus dem Heizkörper. Ich schwöre!", beteuerte er immer wieder.

Nick tippte sich an die Stirn. „Du spinnst."

Vicky konnte sich auch nicht vorstellen, dass Jupiter richtig gehört hatte. Aber sie wollte ihm das nicht so direkt sagen.

„Na gut, wenn ihr mir nicht glaubt, dann kommt doch morgen mit. Paps soll den Direktor anrufen und ihn bitten, dass ihr am Unterricht teilnehmen dürft", schlug Jup den beiden vor.

Nick sah nicht sehr begeistert aus, doch Vicky war gleich einverstanden. „Wir haben zwar Ferien, aber in diesem Fall ist es etwas anderes. Ich setze mich auf den Platz, wo du gesessen hast, und dann werden wir ja sehen."

Allerdings stand Physik erst wieder am Freitag auf dem Stundenplan.

Rohrbruch des Schreckens

Alles klappte wie geplant. Bereits am Donnerstag begleiteten Vicky und Nick ihren Cousin in die Schule. Am Freitag in der dritten Stunde war es dann so weit: Vicky saß im Physiksaal neben dem Heizkörper, in dem Jupiter das Stöhnen und die Stimme gehört hatte.

„Energie ist heute unser Thema!", verkündete Frau Klotz. „Welche Energien kennt ihr?"

Jup meldete sich, damit er es hinter sich hatte: „Elektrische Energie."

Die Lehrerin nickte zufrieden.

Es wurden auch noch Wärmeenergie und andere Energieformen aufgezählt.

„Das, was euch allen am meisten fehlt, ist die geistige Energie", dozierte Frau Klotz.

In diesem Augenblick gab es einen ohrenbetäubenden Knall.

„Wer war das?", fragte Frau Klotz, die das Geräusch für eine Störaktion hielt.

Niemand meldete sich.

Ein kurzes, sehr scharfes Zischen war zu hören. Es klang so, als ob mit viel Druck Dampf aus einem Kessel entweichen würde.

Im nächsten Augenblick spritzte Wasser in einem hohen Bogen genau auf die Lehrerin. Der Strahl traf ihre aufgetürmte Frisur und löste sie innerhalb von Sekunden in ein tropfendes, hängendes Chaos auf.

„Das geht zu weit!", schrie sie.

„Die Heizung, es ist die Heizung!", meldete Vicky.

Das Rohr, das in den Heizkörper führte, hatte ein Loch. Aus ihm spritzte in hohem Bogen das Wasser.

Vicky bekam einen großen Schwall voll ins Gesicht. Sie sprang auf und flüchtete hustend und spuckend nach hinten. Der Wasserstrahl wurde immer dicker und spritzte nach allen Seiten. Die Tische der ersten Reihen wurden überflutet, und das Wasser schwemmte Hefte, Stifte und Bücher zu Boden.

Kreischend retteten sich nun alle in den hinteren Teil des Physiksaales.

Vicky stand neben Jupiter und Nick und starrte auf die Überschwemmung.

„Und? Hast du ein Stöhnen gehört?", wollte Jup wissen.

Als sie ihm nicht antwortete, sah er sie genauer an.

Ihre Mundwinkel zuckten wild. Auch ihre Augenbrauen hoben und senkten sich.

„Ist was?", erkundigte er sich.

Sie reagierte nicht.

„He?" Er stieß sie mit dem Ellbogen an.

Jetzt erst schien Vicky ihn zu hören. Sie setzte ein strahlendes Lächeln auf, sah ihn an und sagte: „Alles bestens, wieso? Kein Stöhnen, kein Kratzen, kein Klopfen. Nur bei dir piept es ohne Zweifel."

Nick verdrehte die Augen. „Und dafür haben wir zwei Ferientage in der Schule verschwendet."

„Alle raus, schnell!", befahl Frau Klotz.

Als der Gruselclub die Schule verließ, standen zwei Klempner mit Herrn Leier in der Halle. Jup hörte einen der beiden sagen: „Wie das Rohr platzen konnte, ist ein Rätsel. Die Heizungsanlage ist überhaupt nicht in Betrieb. Eigentlich gibt es gar keinen Druck in den Rohren."

„Nun ja, meine Herren, auch bei unserer Heizung setzen wir auf Tradition. Es handelt sich schon um ein etwas älteres Modell“, erklärte Herr Leier.

Er ahnte nicht, welches schreckliche Geheimnis dieses „ältere Modell“ in den vergangenen Tagen und Wochen verborgen hatte. In sich festgehalten, gefangen gehalten.

Aber jetzt war es frei.

Die Veränderung

Am Samstag schüttete es in Strömen.

Jupiter, Vicky und Nick verbrachten den ganzen Tag damit, Professor Katz beim Abdichten des maroden Daches in der alten Bruchbude zu helfen. Aber es war wie verhext: Kaum hatten sie ein Loch geflickt, entdeckten sie schon das nächste.

Zur Belohnung fuhr der Professor am Abend mit den dreien in eine nahe Stadt und lud sie ins Kino und danach zum Pizzaessen ein. Erschöpft schlüpfte Jup kurz vor Mitternacht in seinen Schlafsack. Sein Bett hatte er – edel wie er war – Vicky überlassen.

Mitten in der Nacht schreckte er hoch. Er brauchte Zeit, um zu begreifen, dass ihn jemand am Arm gerüttelt hatte. Verschlafen blinzelte er in das Licht einer Taschenlampe.

„Jup … Jup … ich brauche dich“, hörte er Vicky flüstern.

Jupiter richtete sich auf und sah seine Cousine überrascht an.

Nein, das konnte nicht sein!

Jup sah in Vickys Augen ein Gesicht. Das Gesicht eines älteren Mannes.

Stammelnd fuhr Vicky fort: „Bitte Jup, bitte komm mit. Es ist … der Keller … der Keller der Schule. Ich habe schon am Freitag was rausgefunden. Dieser Stinki … du … du hattest recht. Wir müssen helfen, bevor es zu spät ist. Bitte, steh auf. Wir müssen los.“

„Mitten in der Nacht? Durch den Regen?“, brummte Jupiter ungläubig.

„Es hat aufgehört. Zieh dich an. Schnell!“

„Und Nick?“

„Lass ihn schlafen. Bitte komm. Ich … ich habe das Geheimnis für mich behalten, aber ich kann nicht mehr!“ Vicky schien fast zu weinen. So hatte Jupiter sie noch nie erlebt. Er zog sich hastig an und vergaß das Gesicht, das er in ihren Augen gesehen hatte.

Jup nahm sein Fahrrad, Vicky borgte sich das ihres Onkels.

Die Nacht war kalt, und auf der Straße standen tiefe Pfützen, in denen sich der Mond spiegelte.

Vicky fuhr voran und blieb kein einziges Mal stehen. Sie raste durch die Pfützen, dass das Wasser nur so nach allen Seiten spritzte.

Die Schule sah in der Nacht aus wie Frankensteins Schloss, fand Jupiter. Die Blätter des Efeus glänzten nass, die Erker und Simse erinnerten an Nasen und Augen.

Nachdem sie die Räder abgestellt hatten, liefen sie zum Schultor.

„Hat keinen Sinn, es ist doch abgesperrt!", rief Jupiter Vicky zu.

Sie schien ihn nicht zu hören. Beim Schultor, holte sie eine Taschenlampe unter ihrer Jacke hervor, drückte sie Jup in die Hand und sagte: „Leuchte auf das Schloss!"

„Es ist abgeschlossen", wiederholte er, und zum Beweis rüttelte er an der Klinke.

Vicky kümmerte sich überhaupt nicht um ihn. Sie bastelte unter der Jacke herum und brachte dann etwas zum Vorschein, das Jup den Atem verschlug.

Es war das Brecheisen aus der Werkzeugkiste seines Vaters. Bevor Jup sie aufhalten konnte, begann sie schon, das Tor zu knacken.

„Spinnst du? Sie werden mich den Schaden bezahlen lassen. Ich fliege von der Schule!", rief Jupiter.

„Schnauze!", fuhr sie ihn an.

Jup zuckte zurück. So hatte Vicky noch nie mit ihm gesprochen. Außerdem war das nicht ihre Stimme. Es klang eher wie das Brüllen eines Raubtieres.

„Vicky? Alles in Ordnung, Vicky?“, fragte er vorsichtig und besorgt.

Sie arbeitete unermüdlich am Schloss. Mit einem Schrei, der an einen Karatekämpfer erinnerte, rammte sie das Eisen zwischen Tür und Rahmen. Das Holz ächzte gequält. Das Metall des Schlosses gab ein hohes, schrilles Klingen von sich. Und dann flog die Tür auf.

Vickys Aktion hatte tiefe Spuren im Holz hinterlassen, die nicht zu übersehen waren.

Aber es war gar nicht sie, die die Tür aufgebrochen hatte. Sie war von innen aufgeschlossen worden.

Vicky und Jupiter schrien auf.

Vor ihnen stand die dunkle Silhouette von Stinki mit einem Messer in der Hand.

Vicky dreht durch

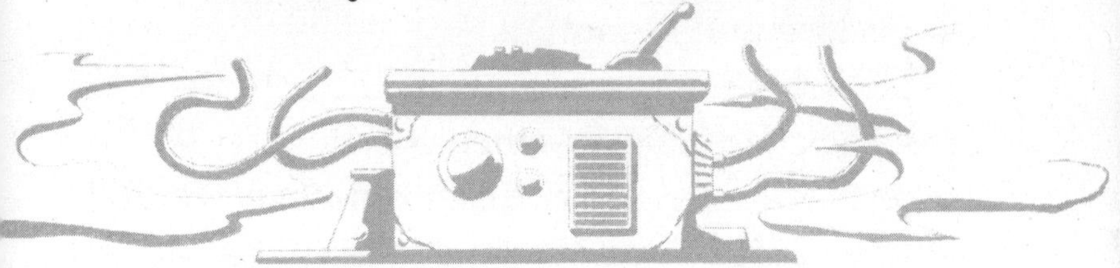

Der Hausmeister starrte sie wütend an. Seine Augen erschienen wie glühende Kohlen.

„Dafür werdet ihr büßen", stieß er zwischen zusammengebissenen Zähnen hervor.

„Nimm ihm das Messer ab, wir müssen ihn fesseln. Er ist an allem schuld!", brüllte Vicky.

Als Jup sich nicht sofort bewegte, packte sie das Messer selbst und schleuderte es quer durch die Schulhalle.

Stinki drehte sich um. Er wollte es wieder aufheben, aber dazu ließ es Vicky nicht kommen. Sie sprang ihn von hinten an und hängte sich an seinen Hals. Wie ein Affe klammerte sie sich an seinem Rücken fest.

„Loslassen!", tobte der Hausmeister.

Er drehte sich und versuchte, sie abzuschütteln, aber es gelang ihm nicht.

Noch immer stand Jupiter wie angewurzelt da.

„Die Schlüssel, nimm ihm den Schlüsselbund ab!“, schrie ihm Vicky zu.

Der Hausmeister trug immer einen großen Ring am Gürtel, auf den alle Schlüssel der Schule gefädelt waren. Jup packte ihn und zog daran. Aber der Ring hing fest.

Stinki sackte ein paarmal ein. Vicky war eine schwere Last. Er torkelte auf eine offene Tür zu, aus der Licht fiel. Das musste seine Wohnung sein.

Vicky ließ von ihm ab und stieß ihn mit beiden Händen durch die offene Tür.

Durch den Ruck öffnete sich ein Haken im Ring. Klirrend rutschen alle Schlüssel herab und landeten auf dem Boden.

Vicky stürmte in die Wohnung des Hausmeisters und riss das Telefon aus der Wand. Dann rannte sie zur Tür, zog den Schlüssel aus dem Schloss, schlug sie zu und sperrte den Hausmeister ein.

Jup stand noch immer da und starrte auf die Schlüssel, die verstreut auf dem Boden lagen.

„Aufheben, schnell, wir haben nicht viel Zeit!“, kommandierte Vicky. „Wir müssen weiter!“

Ihr Ziel war aber gar nicht der Keller, sondern der Physiksaal.

In fieberhafter Eile suchte Vicky aus allen

Schlüsseln denjenigen raus, mit dem sich die Tür aufschließen ließ.

„Was soll das? Was willst du hier? Ich möchte endlich erfahren, was du vorhast? Vicky, bitte sag etwas!", rief Jupiter verzweifelt.

„Du wirst es gleich sehen. Halt den Mund und bleib hinter mir. Wenn du zu kneifen versuchst, gibt es eine Katastrophe!", fauchte Vicky mit ungewohnt tiefer Stimme.

Jup bekam es mit der Angst zu tun. Sie drehte durch. Aber total.

Endlich hatte sie die Tür geöffnet und zog Jupiter in den dunklen Physiksaal. Sie warf alle Schlüssel auf den Versuchstisch und wühlte darin. Nachdem sie mehrere an der schmalen Tür neben der Tafel ausprobiert hatte, fand sie endlich den richtigen. Jupiter schluckte.

„Vicky, das ist das Zimmer der Physiklehrer. Dort dürfen wir nicht rein. Wolltest du mir nicht etwas im Keller zeigen?"

„Komm schnell. Bitte stell keine Fragen!", keuchte sie und hastete durch die Tür. Jupiter folgte ihr zögernd.

Zuerst sah er einen Schreibtisch, auf dem ein angebissener Apfel, eine angebissene Wurstsemmel und ein Stück Schokolade lagen.

In hohen Holzkästen mit Glastüren erkannte er jede Menge Glasröhrchen, Kolben, Lampen, elektrische Geräte, Waagen, Gewichte, Schläuche, Brenner und Flaschen mit Quecksilber und Säuren.

An der Rückseite des Zimmers standen alte Schränke aus dunklem Holz.

„Wegschieben, hilf mir!“, verlangte Vicky.

Zielstrebig ging sie auf den rechten Schrank zu und begann, ihn von der Wand zu rücken.

„Was ist dort? Warum tust du das?“, wollte Jupiter wissen.

„Bitte frag nicht, bitte!“, flehte sie.

Doch auch zu zweit schafften sie es nicht, den Schrank nur einen Millimeter zu bewegen.

„Die Stange!“, fiel Vicky ein.

Sie hatte sie wieder unter die Jacke gesteckt und holte sie schnell heraus. Wie vorhin beim Schultor trieb sie das Brecheisen mit einem lauten Kraftschrei zwischen Wand und Schrank.

Mauerwerk bröckelte, und der Schrank schob sich einen Zentimeter nach vorn.

„Ja, ja, ja!“, jubelte sie. „Jetzt brauchen wir einen Flaschenzug. Damit können wir das Ding wegziehen.“

Jupiter sah sich ratlos um. Woher sollten sie einen Flaschenzug nehmen?

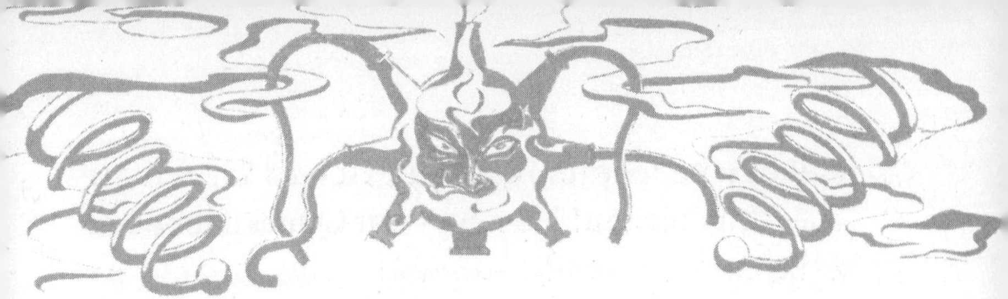

Immer tiefer und tiefer

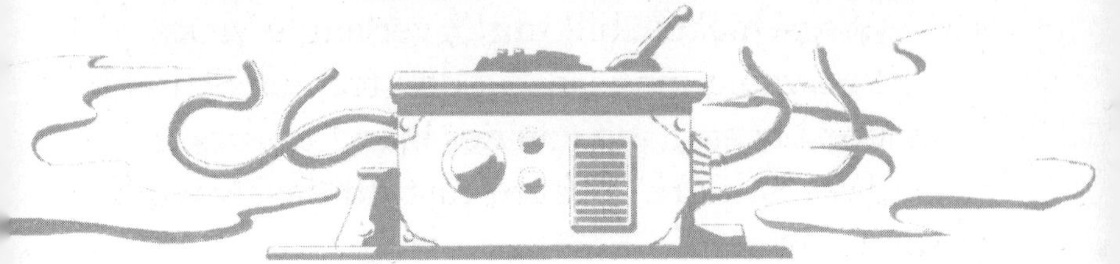

Vicky riss einen der Schränke auf und holte einen Strick heraus. Glaskolben landeten auf dem Boden und zerbrachen, als sie weiter wühlte.

„He, bist du wahnsinnig?", schrie Jupiter. „Frau Klotz reißt uns den Kopf ab, wenn sie rausfindet, dass wir das waren."

Aber Vicky war nicht zu stoppen. Aus einem anderen Schrank holte sie ein Ding, das aus mehreren Rollen bestand, die zwischen zwei flachen Metallstangen angebracht waren.

Vicky fädelte den Strick durch das Gerät und reichte Jupiter ein Ende. Das andere schlang sie um die Schrankfüße.

„Ziehen! Laut zweitem Hebelgesetz geht es mit dieser Übersetzung leichter!"

Wovon redete sie? Sie hatten in der Schule noch nie von einem Hebelgesetz gehört, oder?

Vicky trat neben Jup und half ihm.

Es war wie ein Wunder. Der Schrank bewegte sich tatsächlich. Ein hohes, quietschendes Geräusch schallte durch das Zimmer, als die Schrankbeine über den Boden schabten.

An der hellen Stelle an der Wand war zu erkennen, dass der Schrank seit vielen Jahren nicht mehr bewegt worden war.

Vicky durchwühlte einen anderen Schrank und kehrte mit einem Zehn-Kilogramm-Gewicht zurück.

Was hatte sie damit vor?

Sie packte das Gewicht mit beiden Händen und begann, es wie einen Hammer zu schwingen. Schließlich ließ sie es los, und es flog gegen die Wand hinter dem Schrank.

Die Mauer brach sofort durch. Sie schien sehr dünn zu sein und nur aus Gips zu bestehen. Mit dem Brecheisen machte sich Vicky daran, das Loch zu vergrößern. Bald war es groß genug, dass sie durchkriechen konnten. Vicky leuchtete mit der Taschenlampe hinein und schien zufrieden zu sein.

Als Jup zu ihr kam, sah er eine sehr steile, sehr enge Wendeltreppe, die sich senkrecht nach unten schraubte. Sie befand sich in einem Schacht, der so schmal wie ein Kamin war.

„Los, wir haben es gleich geschafft!“, krächzte

Vicky heiser. Sie kletterte durch das Loch, und schon hörte Jupiter ihre Schritte auf der metallenen Wendeltreppe nach unten klappern.

Was sollte er tun? Noch konnte er weglaufen.

Eine Hand sauste aus dem Mauerloch und riss ihn unsanft hinein. „Was ist, kneifst du? Wohl keinen Mumm in den Knochen!", zischte Vicky.

Jup warf einen Blick in die Tiefe und schluckte. Die Wendeltreppe schien überhaupt kein Ende zu nehmen.

Vicky schaffte es, ihn vor sich zu befördern und ihm den Weg zu versperren. Er konnte jetzt nicht mehr zurück. Mit leichten Fußtritten trieb sie ihn an, die Treppe hinunterzusteigen.

Jupiter war längst klar, dass mit Vicky etwas nicht stimmte. Er war wütend auf sich selbst, es erst so spät eingesehen zu haben. Niemals hätte er hier mitmachen dürfen. Vicky war nicht mehr Vicky. Aber was war bloß mit ihr geschehen?

Sie drängte ihn immer mehr, immer heftiger. Seine Schritte wurden schneller. Und dann begannen sich seine Beine selbstständig zu machen. Sie schienen ganz allein zu laufen, völlig mechanisch.

Immer tiefer und tiefer.

Der ganze Schacht war plötzlich vom Klappern der Schuhe erfüllt.

„Vorsicht!", rief Jup warnend.

Vorsicht! Vorsicht! Vorsicht! Das Echo schien sich zu verhundertfachen. Von überall hörte Jup seine eigene Stimme flüstern.

Die Luft im Schacht war merkwürdig dick und staubig. Sie ließ sich kaum einatmen.

Die letzte Stufe.

Die Treppe war zu Ende.

Sie standen vor einer Metalltür, die einmal lindgrün gestrichen gewesen war. Doch viel war von der Farbe nicht übrig. Der Rost hatte längst gesiegt.

Der Boden war von einer fingerdicken Staubschicht bedeckt, doch außer den Schuhabdrücken von Vicky und Jup waren keine Spuren zu sehen. Die Tür war schon seit langer Zeit nicht mehr geöffnet worden.

Wo waren sie überhaupt?

Und woher wusste Vicky von dieser Treppe und diesem Raum?

Sie packte den Rand der verrosteten Tür und zerrte daran. Die Angeln waren völlig eingerostet. Die Tür gab nur ein paar Zentimeter nach. Vicky zwängte sich durch den Spalt und verschwand. Ein paar Augenblicke später rief sie von drinnen: „Das … das musst du sehen. Jup, schnell"

Aber irgendetwas hielt ihn zurück.

Er warf einen Blick den Schacht hinauf.

Irgendwo weit oben, es schien Kilometer entfernt, fiel ein schwacher Lichtschimmer durch die Wand. Dort hatten sie den Abstieg begonnen.

Und dann schrie Vicky laut. Es war ein Schrei voll Angst und Entsetzen.

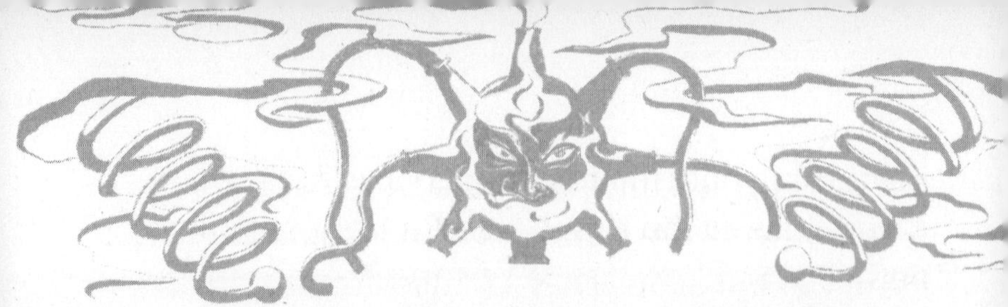

Der nächste Schrei

„Vicky, was ist?" Jups Stimme war nur noch ein Flüstern.

Er bekam keine Antwort.

„Vicky, sag was!"

Hinter der Tür blieb es totenstill.

Er hörte das Blut in seinen Ohren pochen. Sein Herz sprang in seiner Brust auf und nieder. Seine Knie sackten fast ein, und seine Hände waren nass.

„Vicky?", rief er flehend. „So sag doch was!"

Licht fiel durch den Türspalt.

Jupiter holte tief Luft und zwängte sich hindurch. Sein rechter Fuß trat auf etwas Hartes, Rundes. Erschrocken starrte er auf den Boden.

Es war Vickys Taschenlampe.

Jup bückte sich und hob sie auf. Er musste sie mit beiden Händen packen, weil er sie sonst nicht ruhig hätte halten können. Der Lichtstrahl zitterte, als er ihn durch den Raum schwenken ließ.

An der linken Wand erkannte Jupiter Rohre. Sie führten senkrecht nach oben, wo sie einen Knick nach rechts machten und durch die Mauer verschwanden.

An der Wand, die der Tür gegenüber lag, standen mehrere fahrbare Tischchen. Sie erinnerten Jup an die Tischchen, auf denen Frau Klotz immer die Versuchsanlagen in den Physiksaal schob.

Die Tische waren mit elektrischen Apparaturen vollgestellt. Es waren uralte Geräte, die sonst nur noch im Museum zu sehen waren. Kabel führten aus dunklen Kästchen zu Glaskolben, die ebenfalls mit Drähten untereinander verbunden waren.

Die Versuchsanlage war riesig. Sie wirkte auf Jupiter wie ein Langzeitexperiment, bei dem immer wieder etwas dazugebaut worden war.

Etwas erhöht auf drei übereinander gestapelten Kisten stand ein riesiger Glaskolben, der mit Drahtwolle gefüllt war und von dem mehrere Glasröhren wie Strahlen wegführten.

Als Jupiter den Lichtstrahl der Taschenlampe weiterlenkte, geschah es. Zuerst dachte er, seine Augen hätten ihm einen Streich gespielt.

Er deckte die Taschenlampe mit der Hand ab und starrte in der Dunkelheit auf den Glaszylinder.

Da war es wieder.

Die Glaswolle hatte aufgeleuchtet. Ein grünlicher, kalter Lichtschimmer war kurz zu sehen gewesen.

In Jups Kopf rasten die Gedanken. Stand diese Anlage unter Strom? Wie war das möglich? Während er grübelte, nahm er die Hand von der Taschenlampe. Das Licht fiel auf die rechte Wand. Jupiter rang nach Luft.

An der Wand stand ein Stuhl aus dunklem Holz. Er war eckig und massiv und hatte breite Fesseln an den Armstützen und den Beinen. Über ihm schwebte eine Halbkugel aus Metall. Zahlreiche Drähte verbanden den unheimlichen Stuhl mit der Versuchsanlage.

Jup machte einen Schritt zur Seite und trat wieder auf etwas Längliches, Rundes. Diesmal waren es Kabel, dicke Stromkabel, die quer durch den Raum führten.

Aber wo war Vicky?

Jup leuchtete den Boden ab. Vielleicht war sie gestürzt und lag hier irgendwo. Doch außer einer dicken Staubschicht, herabgefallenem Verputz und Mauerwerk und einigen Kabeln konnte er nichts entdecken.

Oder doch! Da waren Schuhe. Es waren aber nicht Vickys. Jupiter leuchtete langsam nach oben.

Und dann schrie auch er. Laut, sehr laut sogar!

An der Wand lehnte ein bekleidetes Skelett. Es trug eine Hose und eine Jacke aus dunkelblauem Stoff und ein Hemd, das irgendwann einmal weiß gewesen sein musste.

Der Schädel hatte eine dicke Hornbrille mit zerbrochenen Gläsern auf. Die Augenhöhlen starrten Jup an, und aus dem aufgerissenen Mund glaubte man, noch immer einen Schrei zu hören.

Die Hände hielten drei Kabel mit blanken Enden umfasst, die sich in die Knochen eingebrannt hatten und mit ihnen eins geworden waren.

Das versteckte Labor

Jupiter kam ein schauriger Verdacht. Vielleicht war das Tizian Ocker? Vielleicht befanden sie sich in seinem versteckten Labor? Hatte er hier heimlich experimentiert?

Die Kabel in seiner Hand brachten Jupiter auf die nächste Idee: Herr Ocker musste bei einem seiner Versuche ums Leben gekommen sein. Er war in den Stromkreis geraten. Danach hatte niemand mehr sein Labor betreten. Es war genau so geblieben wie am Tag des schrecklichen Unfalls.

Und Stinki? Er war damals mit größter Wahrscheinlichkeit hier unten gewesen. Vielleicht hatte er Ockers Geheimnis entdeckt, von dem sonst niemand etwas zu wissen schien. Vielleicht hatte ihn Ocker aber auch hier unten festgehalten?

Irgendetwas musste den zehnjährigen Stinki entsetzlich erschreckt haben. Hatte er vielleicht mit ansehen müssen, was mit Ocker geschehen war? Hatte er sich nach oben retten und den Schrank zurückschieben können? Hatte er das alles unter Schock gemacht und später verdrängt?

Jupiter hatte einmal davon gelesen, dass Menschen entsetzliche Erlebnisse aus ihrem Gedächtnis löschen können wie die Datei eines Computers. Doch irgendwo im Hinterkopf blieb eine vage Erinnerung.

Vielleicht hatte der Hausmeister später dann nicht nur alle Tafeln, Bilder und andere Hinweise auf den Lehrer entfernt, sondern auch das Loch in der Mauer geschlossen. Ohne genau zu wissen, was er damit verdeckte.

Stinki konnte sich nur erinnern, dass etwas Gefährliches unter der Schule lag. Und dass es etwas mit der Sammlung physikalischer Versuchsgeräte zu tun hatte.

Jupiter schlug sich auf die Stirn. Na klar. Er wusste jetzt auch, wieso der Hausmeister im Keller gegraben hatte. Eine innere Stimme trieb ihn dazu, das versteckte Labor zu suchen.

Dann war Stinki also gar nicht gefährlich.

Aber woher hatte Vicky das alles gewusst? Wieso war sie so zielstrebig hierher gekommen?

„Vicky?“, rief Jup wieder.

Sie konnte sich doch nicht in Luft aufgelöst haben. Jupiter hatte doch eben noch ihren Schrei gehört.

Aus der Dunkelheit schossen zwei starke Arme hervor und stießen Jup mit aller Kraft auf den Stuhl. Bevor er sich wehren konnte, waren schon die Arm- und Fußfesseln angelegt. Ein Gurt schloss sich um seine Brust. Aufstehen war unmöglich.

Verzweifelt versuchte sich Jupiter zu befreien. Er riss und ruckelte, hatte aber keinen Erfolg. Keinen Millimeter konnte er sich bewegen.

Von oben senkte sich die Halbkugel auf seinen Kopf. Er spürte die Kälte des Metalls und erschauderte.

Ein Schalter klickte.

Nacheinander begannen alle Apparaturen zu surren, zu zischen und zu leuchten. Manche heller, andere nur schwach, einige grünlich, andere rot.

In den Glaskolben flammten Lichtbogen auf, Funken sprühten geräuschvoll. Der Kellerraum war erfüllt von scharfem Zischen, Knattern, Klicken und Surren.

Hinter dem Stuhl, auf den Jupiter nun gefesselt war, tauchte eine Gestalt auf. Sie pflanzte sich vor ihm auf und blickte teuflisch grinsend auf ihn herab. Die Hände in die Seite gestemmt, begann sie zufrieden zu lachen.

Jup klappte den Mund vor Staunen und Überraschung auf und zu. Er brachte keinen Ton heraus.

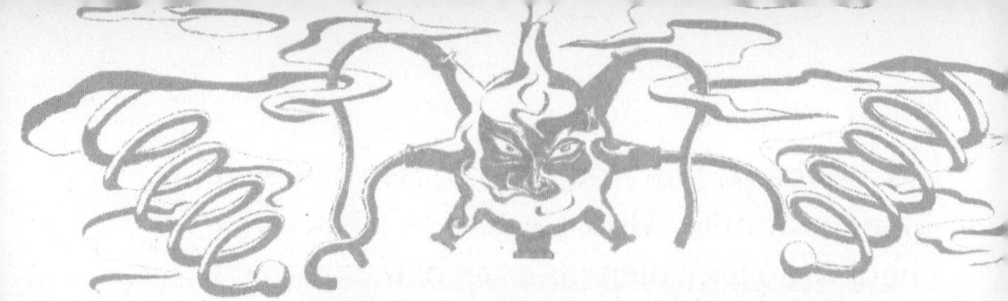

Die Erklärung

Vor ihm stand Vicky. Sie war völlig unverletzt.

„Bind mich los! Was soll das? Ist das ein Witz?“, schnaubte Jup wütend.

Vicky grinste noch breiter, sagte aber nichts.

Sie ist wahnsinnig geworden, schoss es Jupiter durch den Kopf. *Aber was ist mit ihr passiert?*

Vicky beugte sich langsam vor und stützte sich mit den Händen auf den hölzernen Armlehnen des Folterstuhles ab. Ihr Gesicht kam ganz nahe an Jup heran. Sie blickte ihm tief in die Augen.

Und da sah er es wieder.

Das Gesicht.

Das Gesicht eines Mannes.

Es trug die gleiche Hornbrille wie die Spukgestalt an der Wand.

Als Vicky den Mund öffnete und zu reden begann, schnappte Jup lautstark nach Luft.

Ihr Stimme war völlig verändert. Es war eine Männerstimme. Und sie redete so hochgestochen, wie Vicky niemals sprechen würde.

„Einer wie du ist genau, was ich benötige!", erklärte die tiefe Stimme.

Jupiter versuchte, weiter zurückzuweichen, aber die Lehne ließ es nicht zu.

„Ein Knabe, der im herrlichsten Fach aller Schulfächer total versagt. Eine Schande für die Physik! Doch endlich, nach all den Jahren des Wartens, kann ich meine Anlage zum Transport von Wissen in elektrischer Form testen!", redete die Stimme weiter.

Vicky hatte eine Hand auf den Rücken gelegt und ging leicht nach vorn gebeugt im Raum auf und ab. Noch nie zuvor hatte sie das getan.

Jup rang nach Luft. War das möglich? Sprach die Stimme des Lehrers Ocker aus ihr?

„Es war mir stets eine Qual, das Unwissen und die Faulheit der Schüler erleben zu müssen. Daher mein Plan, den ganzen Lehrstoff in elektrische Energie umzuwandeln und auf dem direkten, schnellen Weg ins Gehirn zu übertragen", setzte die tiefe Stimme den Vortrag fort.

Es bestand für Jupiter kein Zweifel mehr. Nicht seine Cousine redete da, sondern Tizian Ocker. Er hatte von Vickys Körper Besitz ergriffen. Doch wie war ihm das gelungen?

Die Stimme des Lehrers berichtete etwas, was Jup aufhorchen ließ. „Es war am Tag, als ich meine Konstruktion zum ersten Mal in Betrieb nehmen wollte. Richard war von mir für die Erprobung auserwählt worden. Aber dann wollte er nicht sitzen bleiben, vermutete Gefahr, wollte flüchten. Ich musste schnell handeln. Ich schloss die Kontakte."

Vicky verzog das Gesicht, als hätte sie schreckliche Schmerzen. Aber es war wohl nur die entsetzliche Erinnerung, die den Tizian Ocker in ihr quälte.

„Ein Kurzschluss. Ein Flüchtigkeitsfehler. Mein Körper hat die Gewalt der elektrischen Energie nicht ausgehalten, doch meine geistige Energie konnte dank meiner Erfindung gerettet werden."

Vicky deutete auf den Glaszylinder mit der Metallwolle. „Dort drinnen war sie eingeschlossen. Unfähig, die Verwirklichung meines Planes fortzusetzen. Das Fehlen elektrischen Stromes nach dem Kurzschluss machte es unmöglich."

Jup fiel der Blitz an seinem ersten Schultag wieder ein. Die Arbeiter hatten in der Erde ein Kabel gefunden, das durchgeschmort war. Sie hatten es geflickt, und einer hatte gesagt: „Wird sich bestimmt bald einer melden, bei dem plötzlich wieder das Licht brennt."

Doch es war viel mehr als ein kleines Licht. Das versteckte Labor hatte nun wieder Energie!

„Ich konnte zu neuem Leben erwachen. Das heißt, was von mir übrig war, und das war nur gebündelte Energie. Nicht sichtbar, nur spürbar. Energie, die in die Rohre der Heizung kriechen konnte. Energie, die sich auf diesem Weg an meinen Lieblingsplatz bewegt hat: in den Saal der Physik, wo Lehrer auch heute noch von der Unwissenheit ihrer Schüler geplagt werden." Wild ruderte Vicky beim Erzählen mit den Armen.

Jupiter betrachtete noch einmal den Glaskolben und verstand. Die Röhren, die von ihm wegführten, hatten metallische Enden, und von einem stand ein blankes Kabel ab, das die Heizungsrohre berührte. So war also die „Energie" in die Rohre gelangt, die gestöhnt und ihm vorgesagt hatte.

„Und dann endlich die Befreiung. Ein Haarriss, von meiner Energie verbreitert, durch den ich entkommen und in einen neuen Körper schlüpfen konnte."

Beim Platzen des Heizungsrohres war Tizian Ocker also in Vicky gefahren. Sie hatte sich dagegen gar nicht wehren können.

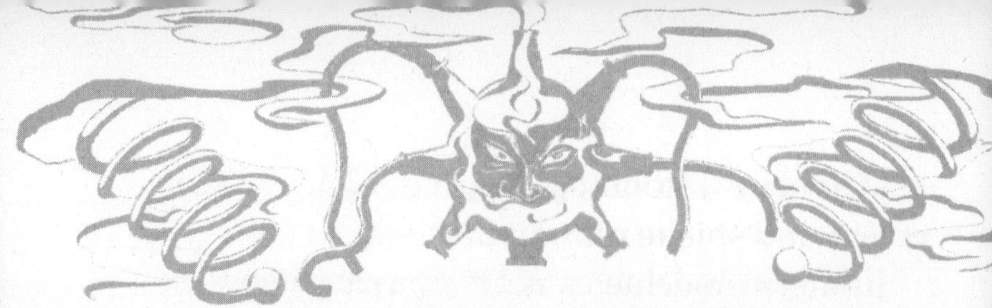

Eiskalte Angst

„Moment mal. Die ‚Energie‘ von Ocker hat auch von Vicky Besitz ergriffen“, kombinierte Jupiter. „Aber die echte Vicky ist doch auch noch da. Ihr Verstand arbeitet doch, oder?“

Er holte tief Luft und rief: „Vicky, dieser Irre hat dich unter Kontrolle. Du musst dich wehren. Du musst ihn loswerden!“

Vicky blieb stehen. Sie schüttelte den Kopf, als hätte sie einen bösen Traum gehabt. Dann drehte sie sich zu ihrem Cousin um und lächelte.

„Jup!“, hauchte sie.

Jupiter hatte es geschafft. Die echte Vicky siegte über die „Ocker-Energie“.

Lächelnd ging sie auf einen Hebel zu, der aus einem kleinen Kästchen an der Wand ragte. Er war völlig verstaubt, wie alles hier. Ein tiefes, grunzendes Lachen kam aus Vickys Mund.

„Oh nein!", stöhnte Jup. Ocker hatte ihn reingelegt und spielte nur mit ihm.

Jupiter versuchte es noch einmal: „Vicky, du musst mich doch hören. Es ist doch auch noch etwas von dir in deinem Kopf."

Ihr Gesicht verzog sich zu einer irren Fratze. Mit der tiefen Stimme schrie sie: „Nein, ich habe alles unter Kontrolle. Diesmal habe ich alles unter Kontrolle. Alles!"

Eiskalte Angst ergriff Jupiter. Er zitterte am ganzen Körper und fühlte sich hilflos wie nie zuvor.

Er war verloren. Was Tizian Ocker da erfunden hatte, konnte nicht funktionieren. Seine Geräte waren uralt und total kaputt. Wenn er die Apparatur in Betrieb setzte, hatte Jup keine Chance mehr. Er würde das gleiche schreckliche Schicksal wie der Lehrer erleiden.

Noch einmal nahm er alle Kraft zusammen und riss an den Fußfesseln. Er rüttelte an den Handfesseln und versuchte sich zu befreien. Doch sie gaben keinen Millimeter nach.

In einem letzten Anlauf sprang Jup in die Höhe. Der ganze Stuhl bewegte sich.

Vicky oder vielmehr Ocker bemerkte nichts davon. Er hantierte hektisch an den Apparaten herum und flickte die Kabel, die zum Schalter führten.

Jupiter sang lauthals, um den Krach zu übertönen, den der Stuhl bei seinen Sprüngen machte. Er hüpfte wieder. Und noch einmal. Und noch einmal.

Der halbe Weg war geschafft.

Jupiter hatte nämlich eine Idee, wie er die Apparatur außer Betrieb setzen konnte. Er hatte gesehen, dass Wasser von der Decke auf den Boden tropfte. Inzwischen hatte sich eine kleine Pfütze gebildet. In der Nähe lagen zwei Kabel. Die Isolierung hatte sich an einigen Stellen abgelöst. Jup musste versuchen, die blanken Enden der Kabel in die Pfütze zu schieben, um so einen Kurzschluss zu verursachen.

„Gleich wird aus dir ein Genie“, versprach Ocker.

Nur noch zehn Zentimeter, dann hatte Jupiter es geschafft und die Kabel erreicht.

Nur noch acht Zentimeter.

Ein großer Sprung. Nur noch fünf.

Vicky drehte sich mit einem Ruck um.

„Es kann losgehen!“, verkündete Tizian Ocker aus ihr.

Als sie sah, dass sich Jup von der Metallglocke entfernt hatte, zog Vicky diese energisch ein Stück tiefer und presste sie ihm auf den Kopf. Mit einem Lederriemen schnallte sie das Ding unter seinem Kinn fest wie einen Sturzhelm.

Ein Kurzschluss war damit nicht mehr möglich. Jupiter würde damit nur sein eigenes Leben in Gefahr bringen.

Mit schnellen Schritten rannte Vicky zu dem Hebel und griff danach.

Es war aus!

Die Feuerkugel

Von der Tür kam ein hohes Quietschen, das in den Ohren schmerzte.

„Jup? Vicky!“ Nick stand im Türrahmen und sah sich entsetzt in dem unterirdischen Labor um.

„Nick, du?“, schnaufte Jupiter.

„Nein, der Weihnachtsmann!“, knurrte Nick. „Ihr habt mich nicht geweckt, aber ich bin trotzdem wach geworden und euch hinterhergegangen. Wieso wolltet ihr mich nicht mitnehmen?“, beschwerte er sich.

„Hilf mir! Mach mich los!“, rief Jupiter verzweifelt.

„Das wirst du nicht tun, du Kröte!“, brüllte die Ocker-Stimme aus Vickys Mund. Vicky sprang in Nicks Richtung, doch ihr kleiner Bruder wich geschickt aus, und sie stolperte durch die Tür nach draußen.

„Tempo, mach schon!“, trieb ihn Jupiter an.

Nick riss und zerrte an den Fesseln, die sich aber keinen Millimeter bewegten. Sie waren alle eingerastet, und der Mechanismus klemmte.

Wutschnaubend tauchte Ocker-Vicky wieder im Labor auf. Aus ihren Augen schienen Funken zu sprühen. Mit großen Schritten hetzte sie zu dem Schalter und streckte die Hand danach aus.

Jetzt war wirklich alles aus.

Nick fragte Jup gar nicht um seine Meinung. Er packte den Stuhl und stieß ihn mit aller Kraft zur Seite.

Über den beiden ertönte ein Geräusch, als hätte jemand Klaviersaiten mit der Zange durchgezwickt. Die Drähte, die den Helm mit der Apparatur verbanden, rissen. *Pling, Plang, Plong.* Jeder gab dabei einen anderen Ton von sich.

Mit einem wütenden Schrei stürzte sich Vicky auf Jup und Nick. Sie stieß ihren Bruder zur Seite, richtete den Stuhl wieder auf und sprang dann in die Höhe, um die gerissenen Kabel herunterzuziehen und zu flicken.

Über Jupiters Kopf zischte es scharf. Eine Fontäne aus Funken rieselte herab. Im nächsten Augenblick zuckte ein gleißender Blitz durch alle Kabel, bewegte sich wie eine Feuerkugel auf die Apparatur zu und ließ einen Glaskolben nach dem anderen zerspringen.

Kabel verschmorten, und geschmolzenes Metall tropfte zu Boden. Der Raum war erfüllt von knisternder Spannung. Die Luft roch wie bei einem heftigen Gewitter. Glassplitter rieselten auf den Boden, Funken stoben, dünne Blitze zuckten.

Als der elektrische Spuk endlich zu Ende ging, war nur der große Kolben mit der Metallwolle unversehrt geblieben. Die dünnen Metallfäden glühten schwach.

Im Labor war es still geworden. Es stank nach verglühtem Metall, nach Rauch und nach verbranntem Gummi.

Noch immer pulsierte das Licht im Zylinder.

Heller, dunkler, heller, dunkler.

Eine Hand griff nach Jupiters Arm. Erschrocken zuckte er zusammen.

„Jup?“

Es war Vickys Stimme. Die echte Vicky-Stimme.

„Bist du okay? Geht es dir gut?“, erkundigte er sich besorgt.

„Ja … ich habe einen Schlag gespürt und bin zu Boden geschleudert worden. Ich … ich bin total durcheinander!“, stammelte sie.

„Erklärungen später. Mach mich los, schnell!“, drängte Jupiter.

Vicky erhob sich stöhnend.

Jup fiel ein, wie ihn Ocker vorhin zum Narren gehalten hatte. War er vielleicht noch immer in Vickys Körper?

Ocker gibt nicht auf

„Nimm die Taschenlampe und leuchte dir in die Augen!“, verlangte Jup.

Vicky suchte die Lampe und machte es.

Kein Gesicht mehr zu sehen. Tizian Ocker war nicht mehr in ihrem Kopf.

Das Licht im Glaskolben glühte immer stärker. Das Pulsieren wurde schneller.

„Was … was war nur los mit mir?“, stöhnte Vicky und verzog das Gesicht. Sie griff sich an den Kopf und rang nach Luft. „Mann, ist mir schlecht!“, stöhnte sie und ließ sich auf den Boden sinken.

Das Blinken im Glaskolben wurde immer greller und heftiger. Doch nicht nur das. Die Metallwolle schien sich zu verformen. Die Umrisse eines Gesichtes wurden sichtbar. Ockers Gesicht.

Jupiter schluckte. Ockers „Energie“ war wieder im Glaskolben gefangen. Der Kurzschluss schien der Grund dafür zu sein. Seine „Energie“ war in das gläserne Gefängnis zurücktransportiert worden. Die Kabel waren alle durchgeschmort.

Die Lippen des Physikers bewegten sich. Er schien zu brüllen, doch kein Ton war zu hören. Ocker schnitt immer wildere Grimassen. Seine Nase, die Ohren und die Backenknochen bildeten Auswüchse, die gegen das Glas stießen und den Kolben zum Schwanken brachten.

Nick starrte wie hypnotisiert auf den Spuk. „Das … das gibt es doch nicht!“, stieß er hervor.

Der Glaskolben begann zu schwanken. Durch die Grimassen hatte ihn Ocker in Bewegung gesetzt. Schlagartig wurde Jupiter klar, wozu er das tat. Er wollte das Heizungsrohr berühren und sich damit befreien.

Der Glaskolben wippte immer heftiger hin und her, als wäre er an einer starken Feder befestigt. Er kam dem Rohr bereits gefährlich nahe. Nur noch ein paar Zentimeter, dann hatte es Ocker geschafft. Berührte der Metallkontakt das Rohr, war die „Energie“ des verrückten Physikers wieder frei und konnte nicht mehr eingefangen werden.

„Macht mich los, schnell!“, drängte Jupiter.

Aber keiner schien ihn zu hören. Vicky stand unter Schock, und Nick starrte mit riesigen Augen auf den Glaskolben, in dem Ockers Gesicht immer wildere und schaurigere Formen annahm.

„Nick! Mach mich los!“, brüllte Jupiter.

Wie in Zeitlupe begann sich sein Cousin zu bewegen. Umständlich zog und zerrte er an den Lederfesseln.

„Tempo! Nimm dein Taschenmesser. Da ist doch sogar eine Säge dran!“, fiel Jupiter ein.

Es fehlten nur noch ein paar Zentimeter, dann würde der Glaskolben kippen, und der Kontakt wäre geschlossen.

Nick holte das Messer aus der Tasche und begann, eine Schneide nach der anderen aufzuklappen. Zuerst das kleine Messer, dann das große, dann die Feile, danach eine kleine Schere und endlich die Säge.

„Mach schon!“ Jup zappelte vor Angst und Aufregung auf dem Stuhl herum, so weit es die Fesseln zuließen. „Oder nein, nimm den Glaskolben, schnell!“

„Was jetzt?“, fragte Nick. Er redete wie unter Hypnose.

„Nimm den Glaskolben, trag ihn weg!“, kommandierte Jup.

Nicks Bewegungen erinnerten an einen Astronauten auf dem Mond. Wie in Zeitlupe bewegte er sich auf den Glaskolben zu.

Ockers Gesicht war nur noch eine grüne Masse, die wild gegen die Wand des gläsernen Gefängnisses pochte.

Er hatte es geschafft. Der Kolben kippte auf die Heizungsrohre zu.

Der letzte Blitz

„Nick, spring!“, schrie Jupiter.

Nick hechtete wie der Tormann in einem Fußballmatch auf die Glaskugel zu. Seine Finger spreizten sich weit, seine Hände wurden zu Zangen, denen nichts entging.

„Ja!“, jubelte Jup.

Nick hatte den Glaskolben gefangen. Der Metallkontakt hatte das Rohr noch nicht berührt. Ocker war weiter eingesperrt. Sein wütendes Gesicht war deutlich zu erkennen.

Aus den metallenen Enden der Glasrohre, die von der Kugel wegführten, zuckten kleine Blitze. Das Glas begann sich zu erwärmen.

„Ich … ich kann es nicht mehr halten!“, keuchte Nick verzweifelt.

Rauch stieg auf. Zuerst nur in dünnen Fahnen, dann aber schon in schwarzen Wolken.

„Lass das Ding nicht fallen!", rief Jup warnend. „Wenn es zerbricht, ist Ocker wieder frei."

Zu spät. Mit einem Schrei schleuderte Nick die Kugel von sich und pustete auf seine Hände.

„Nein!", schrie Jup verzweifelt auf.

Der Kolben flog quer durch das Labor. Er drehte sich in der Luft und näherte sich langsam dem Boden. Die Zeit schien stillzustehen.

Die gläserne Kugel donnerte gegen die Wand und zerbrach. Das Geräusch war lauter und dröhnender als eine Explosion. Winzige Glassplitter rieselten herab. An der Wand glühte ein senkrechter Strich auf.

„Der Blitzableiter", flüsterte Jupiter heiser.

Der Kolben war am Blitzableiter zerbrochen.

„Und der leitet die Energie bekanntlich in die Erde ab, wo selbst die gefährlichsten Blitze unschädlich gemacht werden. Das weiß sogar ein Physik-Versager wie ich!", erinnerte sich Jupiter.

Der Spuk war vorbei. Ockers „Energie" war für immer erloschen. Tief unter der Schule gab es jede Menge Chaos, aber keine Gefahr mehr.

Stöhnend kam Vicky zu sich. Nur sehr langsam schaffte sie es, wieder auf den Beinen zu stehen. Nick hatte den schlimmsten Schock überwunden und sägte Jups Fesseln durch.

Die drei vom Gruselclub befreiten den Hausmeister und versuchten, ihm alles zu erklären.

In seinem Kopf schien die Erinnerung an die Ereignisse vor 70 Jahren langsam wieder zurückzukehren. Er glaubte Jup, Vicky und Nick jedes Wort. Statt zu schimpfen, dankte er ihnen sogar.

„Endlich … endlich ist alles vorbei!", seufzte er tief und erleichtert.

Draußen regnete es nicht mehr so stark, dafür tobte ein Sturm. Das war dem Gruselclub allerdings egal. Sie wollten nur noch nach Hause und sich hinlegen. Keiner der drei konnte sich mehr richtig auf den Beinen halten.

Ein letztes Mal drehten sie sich zur Schule um, in der sie gerade die schlimmsten Stunden ihres Lebens verbracht hatten.

Nick schnappte nach Luft. „Jup … bist du sicher, dass Blitzableiter immer nur in die Erde leiten?", fragte er mit zitternder Stimme.

Jupiter nickte. „Wieso?"

Stumm deutete Nick zum Dach der Schule.

Aus dem Blitzableiter entwich ein greller Blitz, in dem ganz kurz Ockers wütendes Gesicht zu sehen war. Er drohte mit erhobener Faust in die Richtung des Gruselclubs. Dann aber löste er sich auf und verschmolz mit den dunklen Wolken am Himmel.

In der nächsten Sekunde war der Blitz verschwunden.

„Das … das haben wir uns nur eingebildet!

Unsere Augen haben uns einen Streich gespielt“, flüsterte Jup. „Das hoffe ich zumindest“, fügte er noch leiser hinzu.

Thomas C. Brezina

© Tower10

Geburtstag: 30. Januar
Lebt in Wien und London und reist gerne herum.
Beruf: Geschichtenerzähler

Thomas, hast du schon etwas Gruseliges erlebt?
Ja, ein paar Mal. Vor einiger Zeit, an einem Herbstabend, hatte ich das Gefühl, ein Unsichtbarer schleicht die Treppe zu meinem Schreibzimmer hoch. Die Stufen haben geknackt, aber es war niemand zu sehen.
Die Erklärung für den Spuk: Das Holz der Treppen hat sich zusammengezogen, als es kühler wurde. Es hatte meine Schritte ‚gespeichert' und deshalb hat es geklungen, als würde jemand heraufkommen.

Hast du dich früher allein in deinem Zimmer gefürchtet?
Ganz ehrlich: Ja. Ich bin sicher nicht der Mutigste. Deshalb schreibe ich unheimliche und spannende Geschichten: Ich kann alles erfinden, was ich gerne erleben würde.

Sammelst du etwas?
Ich sammle verschiedene Sachen. Dinge, die ich auf meinen Reisen so finde. Besonders stolz bin ich auf ein versteinertes Saurier-Ei. Es ist echt. Vielleicht schlüpft einmal ein Saurier ...
Na ja, das ist nur ein Scherz. Aber so könnte eine neue Geschichte beginnen ...

Kostprobe

GRUSEL CLUB

Eisblau, eiskalt und unsichtbar

Hast du Lust auf weitere Abenteuer mit dem Gruselclub? Dann blättere einfach um …

DIE EINLADUNG

Der gelbliche Zettel in Ursulas Hand zitterte. Das brüchige Papier raschelte wie totes Laub, das zwischen den Fingern zerbröselt wurde.

Ursula war am Ziel. Vor ihr ragte die Villa Schreistein zum wolkenverhangenen Himmel empor. Wie eine altmodische, strenge Gouvernante wirkte das graue Haus mit seinen Säulen, Erkern und dem schwarzen Dach mit dem ausladenden First.

Ursula presste die Hand auf die Brust. Ihr Herz schlug bis zum Hals. Sie schwitzte, obwohl ein kühler Wind durch die kahlen Bäume strich.

Bevor sie noch einmal las, was auf dem vergilbten Zettel stand, schluckte sie kräftig. Erst dann wagte sie einen Blick auf die blutrote Schrift:

Werte Dame,

ich erlaube mir, Sie zu einem
Besuch in meinem bescheidenen
Heim, Schwalbengasse 9,
einzuladen. Erscheinen Sie am
Abend des 31. März pünktlich
um sechs Uhr.
Sollten Sie meiner Einladung
nicht folgen, so werden Sie
diesen Entschluss bitter bereuen.
Kommen Sie allein.
Jedem Begleiter droht großes
Unheil.

Ihr ergebener Gundolf
von Schreistein

Ursula hatte den Brief zuerst einfach in den Papierkorb geworfen.

Aber dann hatte der Zettel in der Dunkelheit zu leuchten begonnen. Grünlich hatte er durch das Geflecht des Papierkorbs geschimmert. Die Buchstaben waren Ursula plötzlich schwarz und drohend erschienen.

Sie hatte den Brief wieder rausgeholt und in ihrem Schrank versteckt. Der 31. war bereits der nächste Tag. Es war der letzte Schultag vor den Osterferien. Sie hatte überlegt, den Brief einem ihrer Schulkameraden zu zeigen, es dann aber bleiben lassen.

Ursula hatte keine Freundin in ihrer Klasse und die Jungen hielten schon gar nichts von ihr. Sie war klein, dünn und immer blass. Sie traute sich nichts, machte nie bei einem Streich mit und war in Turnen die Schlechteste. Da sie sonst als Klassenbeste galt, wurde sie oft als Streberin verspottet.

Nun stand sie in der Schwalbengasse vor der Hausnummer 9 und starrte auf eine alte graue Villa. Sie war von einem hohen Zaun umgeben, der aus spitzen Eisenstangen bestand. Links und rechts vom Eingang erhoben sich zwei uralte Eichen, die um diese Jahreszeit noch kein Laub hatten.

Das Gittertor gab ein lang gezogenes, hohes Quietschen von sich, als Ursula es aufdrückte. Ihre Hände zitterten dabei so heftig, dass das

Tor zu klappern anfing. Schnell ließ sie es wieder los.

Die Haustür bestand aus zwei Flügeln, die beide schwarz gestrichen waren. Auf jeder Seite kam von oben eine silberfarbene Schlange herunter. Ihre Köpfe starrten Ursula entgegen, die Augen waren funkelnde Glassteine. Die Mäuler der Schlangen waren weit aufgerissen. Spitze, gebogene Giftzähne ragten heraus.

Ursula suchte vergeblich nach einem Klingelknopf oder einem Glockenzug. Doch die Haustür stand eine Handbreit offen. Ursula drückte sie mit der Schuhspitze weiter auf. Lautlos schwenkte der Türflügel nach innen.

„Hallo? Ich bin da!", rief Ursula in die düstere Halle, die hinter der Tür lag.

„Tritt ein!", forderte sie eine flüsternde Stimme auf.

„Wo sind Sie?", wollte Ursula wissen.

„Ich bin hier, im Salon", antwortete die Stimme. Sie klang hoch und fern, wie aus einer anderen Welt.

„Ich will Sie sehen!", verlangte Ursula.

„Dann komm näher!"

Ursula betrat die Halle. Der Boden war von moderndem Laub bedeckt, sonst war der Raum leer. Zu ihrer Rechten stand eine Tür halb offen. Ein grünlicher Lichtschimmer fiel heraus.

„Ich warte!“, sagte die Flüsterstimme voller Ungeduld.

Ursula holte tief Luft und trat auf die Tür zu. Sie zog sie auf und ging in den Raum, der dahinterlag. Ihre Schritte hallten durch das Untergeschoss.

Mutig marschierte Ursula weiter.

Plötzlich war ein Knarren und Knirschen zu hören. Mit einem dumpfen Knall fiel eine Tür zu.

In die Villa Schreistein kehrte wieder Ruhe ein. Sekunden verstrichen. Aus ihnen wurden Minuten.

Genau sieben Minuten und dreizehn Sekunden, nachdem Ursula das Haus betreten hatte, ertönte ihr Schrei. Er gellte durch alle Stockwerke der Villa und war erfüllt von Angst und Entsetzen.

Danach herrschte wieder Stille.

Gespenstische Stille.

THOMAS C. BREZINA
GRUSEL CLUB
Eisblau, eiskalt und unsichtbar
Schneiderbuch

Enthält die Einzelbände 4-6:
Der Geist aus dem Dschungel
Der Vampirsarg
Die Rückkehr der Titanic

Jupiter, Vicky und Nick müssen auch diesmal gruseligen Abenteuern ins Gesicht sehen: Ein blutrünstiger Vampir will seinen Durst an ihnen stillen, ein schrecklicher Dämon erwacht zum Leben und ein Ausflug zum Wrack der Titanic entpuppt sich als Tauchfahrt des Schreckens … Jetzt bleibt dem Grusel-Club nur eines: Nerven bewahren!

Sammelband 2: Geistertanz auf der Titanic

ISBN 978-3-505-13412-8

Eine Insel, auf der Grabsteine aus dem Boden wachsen. Ein Wolfsmensch, der sich im Moor versteckt. Ein ;ruselkabinett unter der Schule … Auf Vicky, Jup und Nick varten wieder unheimliche Fälle, die ihnen die Haare zu 3erge stehen lassen!

;ammelband 3: Wolfsgeheul und Gruselschule

SBN 978-3-505-13597-2

Enthält die Einzelbände 7-9:
Allein auf der Grabsteininsel
Das Versteck des letzten Werwolfs
Tief unter der Schule …

'homas C. Brezina
;rusel-Club
:88 Seiten, gebunden
natt kaschiert, mit Relieflack
: 9,99 [D]

Schneiderbuch
EGMONT

DER CLUB
NAME: Jupiter Katz
Wer Ordnung hält,
ist nur zu faul
zum Suchen!
Jupiter Katz
NAME: Vic
Warum ist
Taschenge
viel Mo